# 에드몽 아부의 오리엔트 특급

KB150747

작가가 사랑한 도시 07

# 에드몽 아부의 오리엔트 특급

초판 1쇄 인쇄 _ 2010년 7월 1일
초판 1쇄 발행 _ 2010년 7월 10일

지은이 _ 에드몽 아부 | 옮긴이 _ 박아르마

펴낸이 _ 유재건
펴낸곳 _ (주)그린비출판사 | 등록번호 _ 제313-1990-32호
주소 _ 서울시 마포구 동교동 201-18 달리빌딩 2층
전화 _ 702-2717 | 팩스 _ 703-0272

ISBN  978-89-7682-116-4 04800  978-89-7682-109-6(세트)
이 도서의 국립중앙도서관 출판시도서목록(e-CIP)은 e-CIP 홈페이지
(http://www.nl.go.kr/ecip)에서 이용하실 수 있습니다.(CIP제어번호:CIP2010002357)
책값은 뒤표지에 있습니다. 잘못 만들어진 책은 서점에서 바꿔 드립니다.

그린비출판사 나를 바꾸는 책, 세상을 바꾸는 책
홈페이지 _ www.greenbee.co.kr | 전자우편 _ editor@greenbee.co.kr

# 에드몽 아부의 오리엔트 특급

에드몽 아부 지음, 박아르마 옮김

나는 오리엔트 특급이 두말할 필요도 없이
국제적이라고 생각합니다. 국제침대차회사는
유럽 대륙의 모든 철로에 자사(自社)의 열차가 돌아다니도록 하고
한 번의 여정에 차례로 여러 철도회사의 열차를 빌려 운행하는 것을 목표로 합니다.
회사는 전적으로 프랑스·독일·스페인·이탈리아·러시아의 것일 수 없습니다.
—에드몽 아부

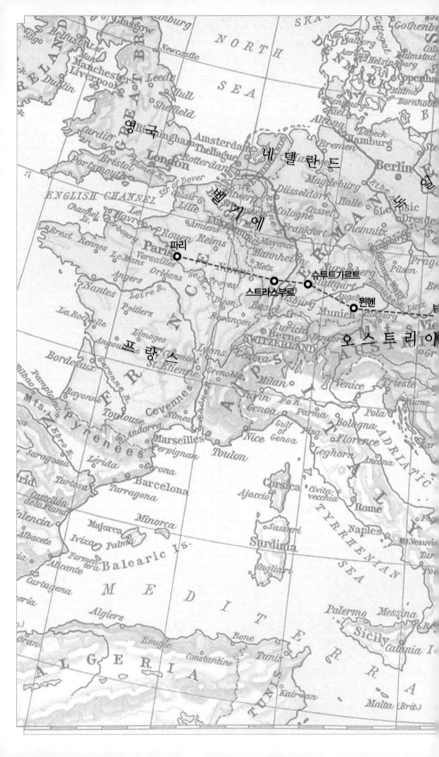

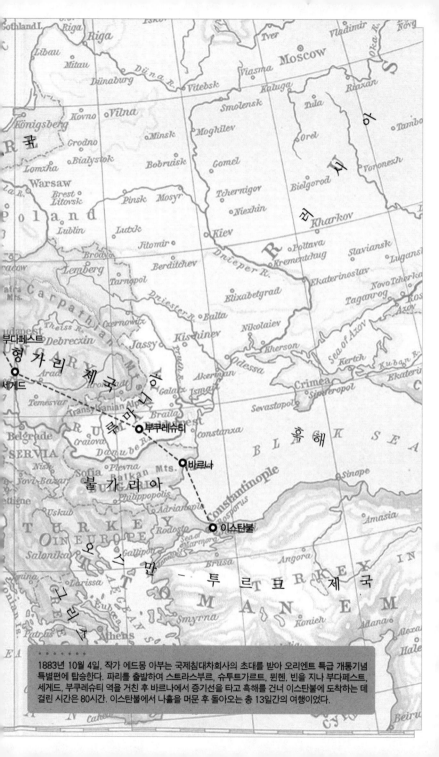

# 차 례

**일러두기**

1 이 책은 Edmond About, *De pontoise à Stamboul*, 1884를 완역한 것이다.

2 본문 이해를 돕기 위한 옮긴이 주 가운데 인명과 지명 등의 간략한 정보는 본문에 작은 글씨로 덧붙였으며, 좀더 상세한 설명이 필요한 내용은 각주로 처리하였다.

3 외국 인명이나 지명, 작품명은 2002년 국립국어원에서 펴낸 외래어표기법을 따라 표기했다.

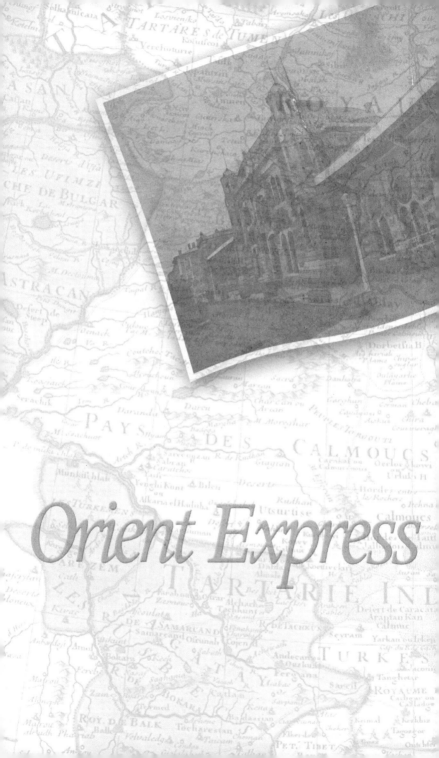

Orient Express

# 출발

내가 여러분들에게 자세히 이야기하게 될 모험담은 막 잠에서 깨어난 사람의 꿈과 상당히 비슷합니다. 나는 그 꿈 때문에 아직도 넋을 잃을 지경이고 마음이 얼떨떨하기까지 합니다. 십중팔구 내일 아침에는 침대차의 가벼운 흔들거림이 뼛속까지 울려 올 것입니다. 나는 스트라스부르 역에서 오리엔트 특급열차를 타기 위해 정확히 13일 전에 와즈<sup>Oise, 프랑스 파리 북부 피카르디 주에 위치한 지역</sup> 강가를 떠났습니다. 그리고 13일이 걸려서, 말하자면 세비녜 부인이 파리에서 그리냥까지 가는 데 걸린 시간만큼은 아니지만,* 콘스탄티노플까지 갔다가 이곳저곳을 둘러보고 배우기도 하며 기분 전환을 하고 별로 힘들지 않은 채 돌아와서 내일이라도 마음만 먹으면 다시 떠날 수 있을 정도입니다. 같은 기차로 마드리드나 상트-페테르부르크까지도 말입니다. 주목할 만한 것은 우리가 루마니아라고 불리는 이 동방의 프랑스에서

---

* Madame de Sévigné. 17세기에 많은 서간문을 남긴 문인이며 살롱 문화의 주역으로서 여러 문인들과 교류를 하였다. 17세에 세비녜 후작과 결혼하였으나 25세에 혼자가 되었다. 그녀는 딸이 결혼 후 사위를 따라 프랑스 남부의 그리냥에 가게 되자 편지를 주고받았고 파리에서 딸이 있는 곳까지 세 차례 여행을 하였다.

24시간을 머문 일입니다. 우리는 그곳에서 카르파티아<sup>Carpathia</sup> 산맥에 있는 여름궁전 낙성식에 가서 왕과 왕비와 차를 마셨고 부쿠레슈티의 피뇽 집안의 으리으리한 연회에 참석하였습니다. 당연한 이야기이지만 우리가 보낸 시간은 풍요롭고도 근사했습니다. 그와 같은 모험담 속의 무수한 기억들이 아직 내 머릿속에 어렴풋하게 남아 있다는 것이 너무나 놀라울 따름입니다.

어떤 기회를 얻어 10월 4일에 파리를 떠났냐고요? 내 친구 알베르 델피의 멋진 드라마가 시작된 그 시간에 말입니다. 그 일은 들로예 마티유라는 친절한 양반이 지난봄에 내게 이런 말을 한 것으로 정말 간단하게 시작되었습니다.

"콘스탄티노플을 아시오?"

"알기도 하고 모르기도 합니다. 제가 그곳에 간 지 30년은 되었고 그 도시는 엄청나게 변했을 테니까요. 확실히 저보다 더 변하지는 않았을 테지만요."

"누군가 그 도시를 볼 수 있도록 당신을 초대한다면 어떻게 하시겠소?"

"기꺼이 받아들여야겠지요. 언제 떠날까요?"

"콜레라 문제만 없다면 바로 떠날 것이오."

들로예 마티유 씨는 벨기에의 부유한 은행가였습니다. 또한 힘 있는 실업가에 지칠 줄 모르는 노력가였지요. 그는 자기 돈을 벨기에와 외국의 대규모 사업에 투자하는 데 만족하지 않았습니다. 그는 그 일에 모든 것을 바쳤습니다. 그는 사람들을 이끌고 조언하며, 감독자로서 모든 것을 알고 있고, 어느 장소에나가 있으며 열정적인 활동으로 자신을 불태우는 사람입니다, 게다가 그는 쾌활한 사람이고 이야기하기를 좋아하며 함께 식사하기에도 유쾌한 사람입니다. 사람들은 그 사람이 곧 68세가 된다고 단언합니다. 하지만 내가 그의 나이와 관련해서 알고 있는 것이라곤 그가 콘스탄티노플에서 가장 늦게 잠자리에 들고 가장 먼저 아침 출근 행렬에 낀다는 것이 전부입니다.

그 친절한 재계 인사는 국제침대차회사의 이사직을 맡고 있습니다. 이 회사의 대표는 미국의 풀먼만큼이나 유럽에서 유명한 나겔마케르 씨입니다.* 그런데 침대차회사 이사회에서 공무원들과 회사 중역들, 엔지니어, 평론가 등을 40여 명 초대한 것입니다. 새것일 뿐 아니라 완전히 새로운 형태의 열차 개통식에 말입니다.

나는 오리엔트 특급이 두말할 필요도 없이 국제적이라고 생각합니다. 국제침대차회사는 유럽 대륙의 모든 철로에 자사<sub>自社</sub>의 열차가 돌아다니도록 하고 한 번의 여정에 여러 철도회사의 열차를 차례로 빌려 운행하는 것을 목표로 합니다. 회사는 전적

---

* 조르주 풀먼(George Pullman)은 침대열차를 처음 고안한 미국의 사업가이며 조르주 나겔마케르(Georges Nagelmackers)는 벨기에 사람으로 미국에 유학하여 풀먼의 침대 열차에 자극을 받아 유럽에 침대 차량을 도입한 인물이다.

으로 프랑스·독일·스페인·이탈리아·러시아의 것일 수 없습니다. 나는 역설적으로 들리지나 않을까 걱정하지 않고, 그 회사는 오직 벨기에의 것이라고 말할 수 있습니다. 왜냐하면 벨기에라는 정답고 영예롭기까지 한 이름은 바로 중립국이라는 뜻을 지니고 있기 때문입니다. 말하자면 우리가 살고 있는 이 슬픈 시대에는 있음직하지 않은 일종의 동포애와 보편적인 호의의 결합이 필요한 것입니다. 프랑스 북서부의 브레스트에서 루마니아의 지우르지우까지 혹은 스페인의 세비야에서 러시아의 국경에 이르기까지, 아프거나 바쁜 여행객이 돌아다닐 수 있기 위해서 말입니다. 또한 여행객이 성가시거나 난처한 일을 당하지 않고 세관과 경찰 조사 때문에 시간을 지체하는 일 없이도 말입니다. 운송업자들이 일말의 거리낌도 없이 흔들어 대고, 검표원들이 가차 없이 깨우며, 주요 역들에 숨어 있는 구내식당과 싸구려 식당의 주인들이 형편없는 음식을 내놓고는 인정사정없이 폭리를 취하며, 모든 비렁뱅이들과 훼방꾼 무리들 사이에서 살아 있는 짐짝 취급을 당하던 인간이 시간이 흘러 신성한 동물인 이집트고양이처럼 복을 받게 된 것입니다. 모든 사람들은 그 사람을 위해 속도뿐 아니라 평온, 졸음과 안락함 등을 그의 돈을 대가로 지불하는 데 동의할 것입니다.

나는 열차의 객차에 대해 알고 있는 만큼 철도를 무척이나 좋아합니다. 나는 매년 상당한 거리를 철로로 돌아다닙니다. 하지만 나는 모든 프랑스 사람들과 마찬가지로 8개의 좌석으로 구성된 열차의 한 칸 안에 여행객들을 쑤셔박는 것을 비난해 왔습니다. 한 칸에는 4개의 좌석이 적합한데 말입니다. 또한 나는, 인간 본성의 허약함을 전혀 고려하지 않은 짧은 정차 시간에 대해 비난을 했습니다. 나는 수도 없이, 객차 승강구의 문을 통해 떠돌이 서커스 단원들의 마차들 중 하나를 시샘어린 눈길로 쳐다보았습니다. 그곳에서는 울적해 보이는 어릿광대가 늙은 백마에 채찍을 때려 마차를 몰고 가는 도중에 가족 전체가 마시고, 먹고, 평화롭게 자고 있었습니다! 나는 그런 식의 이동 방식이 빠르지 못하다는 것도, 매주 토요일 저녁에 트루빌Trouville, 프랑스 북서부의 휴양 도시에 가는 증권 중개인들에게는 맞지 않는다는 것도 알고 있습니다.

하지만 안락함과 신속함은 양립할 수 있습니다. 그 증거를 들자면 뉴욕의 기차는 이주민들을 샌프란시스코까지 5일 반 만에 실어 나릅니다. 배고픔으로도 갈증으로도 고통받지 않고 다리가 저리지도 않은 채 5,350킬로미터를 이동하는 셈입니다. 왜냐하면 오래 앉아 있어서 다리가 불편한 여행객은 걸어다니며 쉴 수도 있기 때문입니다. 그레이트노던철도에서 더욱 놀랍고 부러운 것은, 자기 집에 있는 것처럼, 여행 기간 내내 열차를 옮길 염려 없이 머물러 있을 수 있다는 것입니다. 반면에 (옛날 기준으로) 최고의 선진국 프랑스에서는 근교인 퐁투아즈에서 파리의 생제르맹까지 가는 데 열차를 두 번이나 갈아타야 합니다.

하지만 비록 내가 미국 여행객의 안락함을 자주 시샘하기는 했지만 그 안락함을 침대차에서 발견하리라는 것까지는 결코 생각하지 못했습니다. 초록빛이 도는 그 기다란 열차는 스스로 열릴 것 같지 않은, 띄엄띄엄 나 있는 창문으로 불을 밝힌 채 긴 헐떡임 끝에 도착한 역에서 이따금 우리의 주목을 끈 적이 있습니다. 뿌연 먼지에 덮여 있는 열차에서는 희미한 빛 속에서 하품을 하며 기지개를 펴는 어느 영국인의 옆모습이나 금 장식줄이 달린 챙 달린 모자를 쓰고 있는 시중의 얼굴을 간신히 알아볼 수 있을 따름입니다. 그러한 모습이 그나마 내가 침대차의 낡은 차량과 여행객들, 여객 수송 등에 대해 갖고 있던 인상입니다. 나는 이동병원이나 증기선 선실 이외에는 육지에서 그와 같은 것을 본 적이 거의 없습니다. 나는 그 승객들에 대해 진심어린 연민을 느낄 따름이었으며, 건강 상태가 아주 좋아서 아주 폐쇄된 곳에서 이루어지는 그런 환대의 혜택을 피할 수 있는 것에 만족했습니다.

따라서 10월 4일 밤은 내게 있어서 새로운 발견과도 같았습니다. 그날 밤은 내가 꿈에도 생각하지 못했던 세상을 열어 주었습니다. 얄궂은 운명의 장난으로 혹은 나겔마케르 씨의 기발한 계획으로, 우리가 탑승하려는 기차는 자신의 소임을 마친 구형 침대 열차와 나란히 있게 되었습니다. 한편에는 병원 열차, 감옥

열차, 먼지투성이의 푸른색 낡은 열차가 있었습니다. 다른 한편에는 티크 목재와 크리스털로 만들어진 세 채의 이동식 주택이 있었습니다. 그 집들은 증기로 난방을 하고 가스로 눈부시게 불을 밝히며 적어도 파리의 호화로운 아파트만큼이나 환기가 잘되고 안락했습니다. 동東파리역에서 우리를 둘러싸고 있던 회사 사람들, 부모들, 친구들, 구경꾼 등 40명의 초청인들은 자신의 눈을 믿지 못했을 겁니다. 하지만 출발을 알리는 기적 소리가 난 뒤로는 사정이 달라졌습니다. 우리의 자그마한 짐은 두세 개혹은 네 개의 침대가 놓인 작고 예쁜 방에 옮겨졌습니다. 그리고우리는 맛있는 식사를 하러 처음으로 공용 식당에 모였습니다. 놀라운 일은 그 식당 열차 앞쪽으로는 부인들을 위한 작은 살롱이 있고 그 앞에는 흡연실이 있다는 것입니다. 또한 요리사 클레베르만과 헤르만조차 결코 따라올 수 없는, 검은 수염을 한 멋진부르고뉴 사람이 놀라운 요리를 만들어 내는, 손바닥만큼 작은주방이 이어집니다. 나는 견줄 데 없는 그 장인의 메뉴표를 거의 모두 간직하고 있습니다. 만일 내가 여러분들에게 그 요리에대해 감탄할 기회를 드리지 않는다면 그것은 좋은 음식이 사람을 악하게 만든다든지 가까운 사람들을 탐욕의 죄로 벌 받게 하지나 않을까 하는 두려움 때문입니다. 하지만 이 회사가 이럭저럭 국가별 요리와, 우리가 지나고 있는 고장의 훌륭한 지역 술을우리에게 알려주려 애쓴다는 사실에 주목하는 데조차 무심하다는 뜻은 아닙니다. 예를 들자면 우리는 루마니아에서 아주 멋진 화이트 와인을 마셨습니다. 국무회의의 의장인 M. J.-C. 브라티아노가 제조해 서명한 그 와인은 충분히 '각하'라는 이름을 붙일 만했습니다.

첫번째 저녁식사에서 우리는 자연스럽게 서로를 알게 되었습니다. 처음 출발할 때는 프랑스 사람이 열아홉 명이었는데 마지막에 체신부 장관이 정치적인 문제로 발이 묶이지 않았다면 스무 명이 되었을 것입니다. 대신 그는 자신의 사랑스러운 아들을 부서 최고책임자 두 명과 함께 보냈습니다. 반면에 등록공채 책임자인 그랭프렐 씨는 끝없이 계속되는 유머와 기지를 발휘하여 재정부 장관을 대신했습니다. 5개의 대大철도회사는 델레베크 씨, 쿠라 씨, 델레트르 씨, 아미오 씨, 베르티에 씨와 르그레이 씨 등을 대표로 파견하였습니다. 파리의 언론사에서는 무척이나 명랑하면서도 예의가 바른 세 사람의 젊은이, 부아이에 씨와 트레푀 씨, 레르네스트 도데 씨알퐁스 도데의 형이며 작가이자 기자의 아드님이 초청되었습니다. 또한 프랑스에서 활동하는 『타임』지의 유명한 특파원 드 블로비츠 씨에 대해서도 언급해야겠습니다. 그는 1871년 프랑스가 독일에 패배한 이후 귀화하였습니다. 매우 독특한 사람으로 묘한 표정에 개성 있는 차림새를 하고 있었습니다. 어쩌면 그는 재능과 영향력이 다소 지나치게 넘치지만 대단히 영리하고 상당히 교양 있으며, 응수에 능하고 농담을 잘 이해하며 그에 분명하게 대답하는 사람일 것입니다. 그를 직접 만나 보기 전에 그에 대해 편견이 전혀 없었던 것은 아니었습니다. 만나 보니 사귀어 보면 좋은 사람이라는 것을 알 수 있었습니다. 우리의 다정한 손님인 벨기에 사람들은 우리 다음으로 숫자가 많았습니다. 들로예 마티유 씨, 나겔마케르 씨, 르샤 씨, 슈뢰더 씨 등으로 구성된 회사 간부들에다가 벨기에 정부 철도 행정관인 뒤부아 씨와 노동부 장관인 올랭 씨가 직접 합류했습니다. 올랭 씨는 35세의 젊은이였는데 중간 키에 호의적이고 소박하면서도 위엄 있는 모습에 진지하면서 다정했고, 관료적이며 거만한 태도는 눈곱만치도 없었습니다. 파리의 터키 대사관은 일등 서기관인 미사크 에펜디를 며칠 동안 파견해 주었습니다. 그는 터키 정부가 유럽의 환심을 사는 데 있어 안성맞춤인 외교관들 중 한 사람입니다. 사교계의 인사인 그는 빈틈이 없고 사려 깊으며 매력적인 사람인 데다 토박이 파리 말을 포함하여 모든 언어를 말하기 때문입니다. 우리들 중 네덜란드 사람은 유일하게 얀젠뿐이었습니다. 하지만 단 한 명뿐인 그 사람이 네덜란드인으로서 지닐 수 있는 최고의 품성인 정직과 친절함, 다정스러움 등을 드러내었습니다. 나는, 우리가 파리로 돌아가는 길에 기꺼이 상을 수여한다면 당연히 얀젠 씨가 만장일치로 그 상을 받을 것이라고 생각합니다.

우리는 비엔나와 헝가리의 페슈트Pest, 오늘날 부다페스트에서 도나우<sup>강</sup> 좌안 지역에서 우리와 좋은 관계를 유지하게 될 오스트리아-헝가리 제국의 관리와 언론인 등을 만났습니다. 대<sup>大</sup>프로이센 제국의 사람들에 대해 말하자면 그들은 우리들 중에서 두세 명의 기자로서 머물 뿐이고, 우리는 그들에 대해 불평하지도 만족하지도 않았습니다. 왜냐하면 우리는 그들과 한솥밥을 먹으면서도 많은 생각을 나누지 않았기 때문입니다.

# 열차 안에서

출발 호각소리와 더불어 우리들의 이동 숙소 경험이 시작되었습니다. 그 경험은 철도에 관해 상당한 지식이 있는 우리 모두의 호기심을 열렬히 자극했습니다. 또한 십오 분 후에는 저녁식사가 제공될 것입니다. 열차 승무원들이 대담하게도 식기 한 벌을 차려놓은 것을 보고 깜짝 놀랐습니다. 나는 매달 파리에서 블로뉴 쉬르 메르로 가는 기차에서 점심식사를 하곤 합니다. 북부철도회사는 한 대에 1만 7천에서 1만 8천 프랑이 나가는, 놀라운 완충장치가 달린 객차를 보유하고 있었지만, 나는 달리는 기차 안에서 깨끗한 셔츠를 더럽히지 않고 와인을 따르고 마시는 일이 얼마나 어려운지 잘 알고 있습니다. 그런데 이럴 수가! 나겔마케르 회사의 승무원들은 겁도 없이 우리들 한 사람 한 사람 앞에, 똑바로 놓기에도 상당히 불안정한 굽 달린 유리잔을 서너 개나 놓는 게 아니겠습니까. 용감무쌍한 웨이터들은 레스토랑이 흔들림 없이 견고하다는 것에 확고한 신념이 있는 것 같았습니다. 우리가 한눈에 보아도, 정기여객선에서 바이올린<sup>식기 구멍을 파놓은 식탁이라는 의미</sup>이라고 부르는, 쐐기와 당겨진 줄이 이러한 여건에서 과잉이라고 볼 수 없을 것입니다. 하지만 결과는 우리의 판단이 그릇됨을 지적하고 있었습니다. 아주 잘 차려진 작은 테이블 위에서는 어느 것 하나 움직이지 않았습니다. 그 정도로 열차 제조 기술은 몇 년 사이에 발전을 이루었습니다. 승객들의 몸무게만 약 1천 킬로그램이 나가는 기차의 중량, 바퀴를 만드는 재능 있고 숙련된 제작기술, 용수철과 완충장치의 다양성, 서로 독립된 두 개의 무개화차 위에 각각의 열차를 올려놓게 해주는 차축의 간격, 이 모든 것들이 때에 따라서는 적어도 시속 80킬로미터의 속도에서 흔들림 없고 소음도 없이 피로하지 않은 채 달릴 수 있게 해줍니다. 또한 가장 빠른 속도로 달리는 회전 구간에서도 7미터 길이의 보통 객차는 간혹 심하게 흔들릴 뿐입니다. 반면에 우리는 가장 사소한 충격도 느끼지 못할뿐더러 그 작은 진동조차 알지 못합니다. 특급열차의 승객들이 "잘 달리는데" 하고 말할 정도의 작은 떨림조차 말입니다.

첫날 밤에 그리 원활하지 못한 것은 서비스였습니다. 요리사가 작업장으로 쓰이는 새 수납장에서 행동이 자유롭지 못했던지, 종업원들이 갓 만들어진 차량의 복잡함과 호사스러움 속에서 다소 당황했던지, 혹은 초대받은 사람들이 실제로 테이블에 너무 자주 모여 잔을 기울이며 지나칠 정도로 사교를 즐겼기 때문이었던지, 곧 자정이 되어 버렸고 우리는 잠자리에 들었습니다. 아직 몇몇 사람들은 커다란 객차를 갈라 놓는 작은 실외 승강구 위에 서 있을 방법을 찾고 있었습니다. 말하자면 그곳은 담배를 피우기에 완벽한 장소였습니다. 기차의 사나운 바람이 담배 연기를 모두 휩쓸어 갔습니다. 솔직히 말하자면 나는 꼭 자야 하는 시간을 놓쳤다거나 공기도 통하지 않는 답답한 곳에 맨 마지막에 들어가게 되었다거나 하는 데 화가 나지는 않았습니다. 배를 탄 승객들이 더할 나위 없이 고약하게 서로 번갈아 코를 골아대는 그런 밀폐된 장소 말입니다. 나는 우리의 새 객차에서 분명히 페인트 냄새가 나는 것 같아서 배멀미를 낫게 해 준다는 조제 알약의 이름을 슬프게 되새겼습니다. 하지만 약은 필요하지 않았습니다. 막 찍어 낸 동전처럼 깨끗하고 번쩍거리는 방은 한 번도 페인트칠을 하지 않았습니다. 방이 천정부터 바닥까지 나무가 깔려 있다는 그럴듯한 이유로 말입니다. 매트리스와 베개는 너무 무르지도 너무 딱딱하지도 않고 아주 적당했습니다. 시트는 가장 부유한 저택에서도 경험해 보지 못할 정도로 세련되게 매일 갈아 주었는데 고급 세탁비누 냄새가 났습니다. 우리의 두 동료인 그랭프렐 씨와 미사크 에펜디 씨는 알아주는 잠꾸러기였습니다. 가스등불은 한 겹으로 된 녹색 실크갓 너머로 부드럽게 빛을 비추었습니다. 내가 잠에서 깨었을 때 우리는 독일의 바덴 지방의 초원을 가로질러 카를스루에를 향해 달리고 있었습니다. 한낮이었습니다. 나는 그 시간 이후 우리 무리들 중 서너 명의 엔지니어들이 에디슨 회사의 대표인 포르제 씨와 함께 스트라스부르에 내렸음을 알았습니다. 전기 램프로 불을 밝히는 새 역사驛舍의 내부를 보려고 내린 것입니다. 무척이나 아름답다고 했습니다. 하지만 내 생각에 정작 스트라스부르의 햇빛은 너무 흐릿한 것 같았습니다. 우리는 숲과 포도밭, 뷔르템베르크의 풍요로운 경작지를 가로질러 갔습니다. 아침 시간에 화장실 말고는 별다른 불상사 없이 말입니다. 하지만 이런 세부사항이 사소한 문제인 것은 아닙니다. 안락함이 빌미가 되었던 것입니다. 좋은 기회가 있다면 아무리 이용해도 나쁠 것이 없겠지요. 우리는 편안한 나머지 이미 요구가 많아졌습니다. 각 침대 열차 양끝에 나 있는 화장실 두 개로는 더 이상 충분치 않았습니다. 우리에게는 적어도 네 개의 화장실이 필요했을 것입니다. 화장실은 호사스럽고 비누가 충분히 마련되어 있으며 더운물과 찬물이 나옵니다. 객실 담당자는 나무랄 데 없이 청결한 상태로 화장실을 유지하고 있습니다. 하지만 화장실 용도로든 다른 편의시설로든 화장실은 동시에 한 사람밖에 수용할 수 없습니다. 그래서 우리는 아침마다 줄을 서서 기다릴 수밖에 없었고 때에 따라서는 오랫동안 기다려야 했습니다. 그것은 달리는 기차 위의 '파멸에 이르는 환락' 속에서 우리가 기대하는 유일한 요구사항입니다. 또한 나는 우리가 기대했던 것보다 물질적으로 더 나아질 수 없을까 정말 염려됩니다. 하기야 생각해 보면 특급 열차를 탄 평범한 여행자들은 100명당 화장실이 하나만 있어도 하느님을 붙들고 원 없이 감사할 것입니다. 그런데 우리에게는 20

명당 화장실이 두 개 있습니다. 독일 남부 울름의 폐허가 되어 무너질 것 같은 요새와 멀지 않은 바이에른에서, 우리는 처음으로 아름답고 푸른 도나우 강을 만났습니다. 그 강은 더 정확하게는 '지저분한 도나우'die schmutzige Donau라는 뜻의 독일어로 불렸습니다. 우리를 분명히 동요시키게 될 또 다른 일이 아직 남아 있었습니다. 그것은 아주 훌륭한 요리를 만들어 내며 우리가 식사하는 데 족히 세 시간은 보내는 식당차였습니다. 식당차에는 제조상 가벼운 결함이 있었습니다. 말하자면 차축이 가열되는 것입니다. 민감한 코를 지닌 엔지니어는 타는 기름 냄새를 맡을 수 있습니다. 조금이라도 지체하면 위험합니다. 더욱이 승객들이 정비사에게 끊임없이 이야기할 수도 있습니다. 어쨌든 수리가 필요했는데, 수리는 열차가 달리는 중에는 이루어질 수 없습니다. 뮌헨의 역장은 그 사실을 우리에게 대놓고 말하지 않았습니다. 그는 우리의 아름다운 새 레스토랑을 일체의 부속물과 함께 긴급하게 다른 차량에서 떼어 냈습니다. 우리가 커피를 막 마시려는 바로 그 순간에 말입니다. 하지만 이 침대차회사는 확실히 모든 것에 대비하고 있었습니다. 새로운 장비를 시험하면서 일어날 수 있는 불가피한 사고까지도 말입니다. 얼마 지나지 않아서 요리사와 호텔 책임자들, 모든 승무원들이 또 다른 식당차에 승차했습니다. 새로운 식당차는 이전의 식당차보다 헌것이고 덜 화려했지만 일체의 필수품과 여분까지도 갖추고 있었습니다. 우리는 루마니아의 지우르지우에 이르러 불가리아로 들어가기 위해 기차를 떠나야 했는데, 그곳에 이르는 동안 부족한 것은 아무것도 없을 것입니다. 우리에게는 유명한 이시니산産의 신선한 버터도, 고급 와인도, 과일, 시거 담배도 부족하지 않을 것입니다. 그리고 우리가 콘스탄티노플에서 돌아올 때면, 뮌헨에서 수리를 마친 아름다운 열차를 지우르지우에서 다시 보게 될 것입니다.

우리는 바이에른의 수도를 지나가던 짧은 순간에도 그곳의 건축물까지는 보지 못했지만 엄청난 규모의 역을 보고 놀라움을 금치 못했습니다. 승전한 독일은 우리가 지불한 배상금을 대가로 호화스러운 역을 얻은 것입니다.* 우리는 그 비용을 지불했을 뿐 아니라 계속해서 값비싼 희생을 요구당할 수 있습니다. 왜냐하면 그 역은 명백하게 우리에 대항해서 세워졌기 때문입니다. 무엇보다도 군사시설로 보이는 그 거대한 홀에 여행객들이 북적대는 일은 생각할 수 없습니다. 뛰어난 전략가가 아니더라도 그곳에서 24시간 후에 파리행 기차에 얼마만큼의 포병중대와 전투부대를 실어 나를 수 있는지 계산할 수 있을 것입니다. 나는 12년 전부터 우리의 군 수뇌부가 프로이센의 장군인 몰트

---

* 여행 3년 전인 1871년 프랑스-프로이센 전쟁(보불전쟁)에서 승리한 프로이센은 프랑스로부터 30억 프랑의 배상금과 알자스-로렌 지방을 차지했다.

케를 본받았다고 믿고 싶지만, 분명히 확신하지는 못합니다.

우리는 오스트리아 국경을 넘었고 독일의 짐바흐<sup>Simbach</sup>에
서 프라하의 시간대로 접어들었습니다. 앞서 뮌헨, 슈투트가르
트와 독일의 시간을 지나왔구요. 오스트리아 왕정의 특징 중 하
나는 동시에 두 개의 시간이 울린다는 것입니다. 하나는 프라하
에서, 다른 하나는 페슈트에서 말입니다. 보헤미아의 시간과 헝
가리의 시간인 것입니다. 오직 빈오스트리아-헝가리 제국의 수도의 시
간만이 존재하지 않습니다. 아마도 빈은 베를린의 유명한 시계
에 시간을 맞추기 때문일 것입니다. 우리 식당차의 시계는 이 모
든 정치적 자오선의 혼란 속에 말려들지나 않을까 염려되었습
니다. 우리는 현명하게도 중립을 지키려는 목적으로 파리에 시
계를 맞추는 열쇠를 두고 왔습니다. 우리 이야기를 하자면, 우리
는 스트라스부르에서부터 우리 시계를 망가트리는 것을 그만
두었습니다. 빈 역에서 우리에게 자정을 알렸던 것은 두 여자의
목소리였습니다.

한편으로는 매력적인 목소리와, 특히 우아한 여인들의 목소
리가 들렸습니다. 코슈리 씨, 블라비에 씨, 에슈바셰 씨와 조르
주 씨 등 네 명의 프랑스인이 전기 박람회를 보러가기 위해 떠난
순간, 오스트리아의 철도청 고위 공무원인 폰 스칼라 씨와 그의
아내와 처제가 열차에 탑승했습니다. 새로운, 특히나 우아한 승
객이 우리의 즐거움을 돋우고 남자들이 여럿 모여 만들어 내는

거나한 분위기를 기분 좋게 누그러트리러 온 것입니다. 폰 스칼라 부인은 상당히 아름다웠습니다. 영국인 같은 외모에다가 빈풍의 표정을 지닌 그녀는 활력에 넘쳤습니다. 그녀의 여동생인 레오니 폴라 양은 고전적인 아름다움과는 완전히 정반대였지만 재기에 넘치고 매력적이며 유쾌했기 때문에 다시 보아도 오랫동안 즐거움을 주었습니다.

두 다정한 자매는 더욱이 매력적인 몸매에 잿빛을 띤 풍성한 금발이었는데 그렇게 곱고 아름다운 색채의 머릿결은 파리에서도 놀라울 정도일 것입니다. 오스트리아 – 헝가리 제국은 우리들 무리 가운데 지부의 고문인 폰 올란 씨와, 은행 고문이자 매력적이고 요령 좋은 사람인 폰 오메르마이에르 씨가 단연 대표하고 있습니다. 두 사람 모두 노동부 장관이 대표로 파견했습니다. 또한 오리엔트 철도의 국장이자 유명한 아마존 탐험가의 형제인 비에네르 씨도 제국을 대표했습니다. 기품 있는 두 사람 중 동생은 오스트리아 사람으로 남았습니다만, 형은 프랑스인으로 귀화해 칠레의 프랑스 공사관으로 있습니다.

나는 12년 전에 친구인 카미오와 헝가리를 돌아다닌 적이 있습니다. 그 친구는 로마에서 종교와 무관한 수도사였고 우리에게 시간 나는 대로 아주 재미있는 편지를 써 보냈습니다. 우리는 보이지 않는 힘이 가꾸었다고 하는 광활한 평원을 함께 지나갔습니다. 왜냐하면 1869년 6월에 무르익은 밀은 어디에서나 넘쳐났고 경작인들이라든지 그들이 사는 마을을 찾기는 어려웠기 때문입니다. 도나우 강 우안 부다<sup>Buda</sup>의 봉건 마을과 좌안 페슈트의 근면한 이웃으로부터 군사적 완충지인 외국 식민지에 이르기까지, 우리는 힘 좋은 말들과 긴 뿔을 지닌 소들, 반 야생의 물소 이외에 주민들은 거의 보지 못했습니다. 오늘날 농업은 진보한 것 같습니다. 사람들이 조금만 더 있다면 더 많은 재배지와 더 많은 과일나무, 더 많은 포도밭을 도처에서 보게 될 것입니다. 포도는 포도나무뿌리 진디가 우리의 폐허를 갉아먹는다고 하여도 자연의 혜택을 받지 못한 나라들을 풍요롭게 만들 것입니다. 정차하는 역마다 우리에게 굵고 맛있는 포도를 주었습니다. 포도의 유일한 문제점은 너무 달다는 것입니다. 이 모든 당분을 알콜로 변화시키기 위해서는 신념이 확고한 포도재배자의 지식과 경험이 필요할 것입니다. 우리는 열차의 유리창을 통해 옥수수를 거두어들이는 것을 지켜보았습니다. 수확은 너무나 보잘것없었습니다. 여름 가뭄은 거의 모든 지역에서 이삭의 발육을 멈추게 했습니다. 가축들은 짚을 실컷 먹게 될 것입니다. 하지만 사람은 어떻게 될까요? 5~6헥타르의 수확물을 실어 나르는 운반차가 있습니다. 그런데 운반차는 절반밖에 채우지 못합니다. 다행히도 밭고랑 사이에서 재배한 호박이 그런대로 괜찮게 되었습니다. 그리고 기러기 무리가 있습니다. 희고 아름다운 기러기들은 과자점 주인이 포장해 놓은 케이크 같다고 합니다. 그 정도로 기러기들의 깃털은 희고 곱슬곱슬합니다. 프랑스 사육업자들은 기러기 한 쌍을 30~40프랑에 팝니다. 여기 농부들은 한 마리에 20프랑까지 팔 것입니다. 기러기들이 포동포동 살이 쪘다면 말입니다. 사냥은 모험심이 가득한 헝가리 사람들의 수입원입니다. 우리는 키가 크고 힘이 세며, 잘생긴 두 마리 포인터를 앞세우고 가는 두 사람의 멋쟁이에게 감탄하였습니다. 그들은 흰 셔츠와 같은 색 팬츠를 입고 샌들 차림으로 짚을 밟고 용감하게 걸어갔습니다. 클로버도 없고 개자리풀도, 동물들이 몸을 숨기는 덤불숲도 없는 광활한 벌판은 자고새의 번식을 위해 만들어진 것 같습니다. 프랑스에서 밀렵으로 자고새가 멸종되면 사람들은 이곳으로 새를 찾아올 것입니다. 나는 사람들이 이미 이곳에 왔고, 헝가리가 우리 사냥감이 다시 늘어나는 데 기여를 한다고 생각하기까지 했습니다.

그런데 우리는 어디에 있는 것일까요? 페슈트와 루마니아의 티미소아라Timisoara 사이 어딘가인지 나는 모릅니다. 기차는 멈추어 섰고 보헤미아 음악 소리가 우리를 환영했습니다. 솔직히 말하자면 화려한 그 예술가들은 이름만 보헤미아 사람입니다. 만일 그들이 헝가리 타입이었다고 하더라도 그들의 의상이 프랑스의 시골마을 페르테수주아르 광장에서 물의를 일으킬 정도는 아니었습니다. 어쨌든 보헤미아인이건 아니건 그들은 혈기에 넘쳤습니다. 또한 그들은 뛰어난 솜씨로 자신들의 민족 음악의 곡조뿐 아니라 프랑스 손님들을 위하여 루제 드 리슬의 음악 프랑스의 국가 「라 마르세예즈」를 의미까지 연주하였습니다. 사람들은 그들에게 박수를 쳤습니다. 또한 그들에게 '한 번 더'라고 하는 대신 "뭐라고 하는 거야?"라는 뜻의 말을 외쳤습니다. 그것은 아랫사람에게 내리는 명령과 마찬가지로 무례한 말이었을 겝니다. 잘 알아듣지 못했거나 잘 이해하지 못한 것입니다. 우리가 그들이 들려준 음악을 좀더 잘 감상했다면 정말 좋았을 것입니다.

하지만 기차는 기적을 울렸습니다. 음악이여, 안녕히! 그만! 오케스트라는 우리의 수화물 운송차 안으로 뛰어올라 곧장 식당으로 들어갔습니다. 식탁과 의자가 흔들거리며 야단법석이 일어났습니다. 우리 젊은이들은 사랑스러운 빈 여인과 더불어 정신없이 왈츠를 추었습니다. 그 작은 축제는 헝가리의 세게드 Szeged, 헝가리 동남부의 도시에 이르러서야 끝이 날 것입니다. 두 개의 역 사이에서 이처럼 오리엔트 특급을 휘어 감싸는 것은 단지 음악뿐이 아닙니다. 그것은 이따금씩, 때로는 아주 자주 있는 식도락입니다. 우리가 만나는 다양한 국적의 쾌활한 사람들은 두세 시간 동안 기차를 타는 것을 싫어하지 않습니다. 섬세한 프랑스 요리를 맛보고 나겔마케르 씨의 뛰어난 포도주를 맛볼 목적으로 말입니다.

우리가 지나가는 것을 보러 온 사람들이 점점 더 북적대기 시작했습니다. 우리는 군인들의 멋진 유니폼과 헝가리 군대 혹은 국민군을 보았습니다. 우리는 놀랍도록 다양한 형식과 대체로 훌륭한 복장을 한눈에 알아보았습니다. 그들 나라에서뿐 아니라 오스트리아 제국 전체에서도, 이슬람 민족은 헝가리 인구 가운데 그 수가 많지 않습니다. 그들은 자신들의 영토를 슬라브족인 수백만의 세르비아 사람들과, 트라야누스 군대*의 후손인 수백만의 루마니아 사람들과 나누었습니다. 그 사람들에 대해 말하자면, 그들은 투르크인들이며, 기독교계이긴 하지만 진짜 투르크인들입니다. 그들의 장단점은 그들의 언어처럼 스스로가 부끄러워할 필요가 없는 그와 같은 출신에 나타나 있습니다. 투르크인들은 그들 역시 고결한 인종이고 자부심이 강한 민족이기 때문에 부끄러워할 필요가 없다는 것입니다.

세게드라는 도시는, 그곳의 가난한 사람들이 전 세계를 뒤흔들기도 했었는데, 새롭게 건설되었습니다. 그 도시가 과거에 결코 경험하지 못했을 정도 이상으로 더 아름다우며 더 균형 잡히고 더 안락하게 말입니다. '홈'home은 이 고장의 투박한 농부들에게는 가장 하찮은 걱정거리입니다. 남자들, 여자들, 아이들은 야외에서 생활을 하거나, 추위가 맹위를 떨치면 정말로 굴 같은 집에 웅크리고 들어갑니다. 우리의 문명과 동방 문명의 분명한

---

* 기원전 1세기 로마의 황제인 트라야누스(Trajanus)는 도나우 강을 넘어 다치아(오늘날의 루마니아)까지 정복하였다.

차이는 부동산의 거의 완전한 부재에 있습니다. 런던이나 파리의 교외에서 집이 들어서 있는 토지는 수십억의 가치를 지닙니다. 이곳에서는 100킬로미터를 돌아다녀도 10만 프랑 정도의 집도 찾아볼 수 없습니다. 철도의 건설은 이곳에서는 일반적인 관례를 다행스럽게 벗어난 것입니다. 이같이 놀라운 사건이 반세기나 일찍 일어났다고 믿으려 일부러 노력이라도 해야 할 정도입니다. 왜냐하면 교통의 왕래가 극히 드물기 때문이며, 우리는 기차 한 대 마주치지 않고도 많은 경우 네다섯 시간을 달리게 됩니다.

아침부터 이어진 평탄하고 단조로운 풍경은 우리가 부다페스트 서북 방향의 카르파티아 산맥 지역에 가까이 올수록 그림과 같은 풍경으로 바뀌었습니다. 우리가 도나우 강을 따라 가는 길은 '철문'Porţile de Fier이라 불리는 협곡부로 이어져 있습니다. 그곳을 건너가려면 위험을 무릅쓰지 않을 수 없습니다. 급류는 강바닥의 자갈을 기어코 파고듭니다. 산에서 흘러나온 녹색 토사는 무너져서 길 위에 큰 덩어리로 떨어집니다. 지난주에 여기서 기차가 탈선해서 사람이 죽었다고 합니다. 우리는 다시 일어날지도 모르는 사고를 막으려 애쓰는 토목공 무리를 봅니다. 우리의 토요일 한나절은 멋질 뿐 아니라 끊임없이 뒤바뀌는 무대 배경 한가운데서 끝이 났습니다. 불행히도 시월에는 밤이 빨리 옵니다. 우리가 밤중에 도착한 곳은 헝가리의 버일레헤르쿨

라네<sup>Băile Herculane</sup>입니다. 이곳의 경이로움과 헤라클레스의 온천, 즉 새롭게 만들어지고 근대적 취향으로 대단하게 장식된 로마인들의 역사<sup>驛舍</sup> 한가운데 서서 놀라움을 금치 못합니다. 역은 하나의 건축 작품인데 정면은 개머루 가지가 완전히 휘감긴 두 개의 큰 회랑 사이에 펼쳐져 있습니다. 그 장식은 프랑스의 릴라당 역의 역장과 퐁투아즈에서 크레유에 이르는 노선에서 일하는 그의 동료들, 주지하다시피 모든 뛰어난 예술가들과 정원사들을 황홀하게 만들 것 같은 안목을 지니고 있습니다.

러시아와 오스트리아에 패배한 헝가리의 독립 영웅 라요스 코슈트<sup>*</sup>가 국보인 성 에티엔의 왕관을 묻은 곳이 바로 도나우 강가의 항구도시 오르소바<sup>Orşova</sup>입니다. 지금은 볼 수 없는 예배당이 그 애국적인 기억을 기념하고 있습니다. 예배당이 보이지 않는 것은 분명 칠흑 같은 밤이기 때문입니다. 우리는 앞을 보지 못한 채 루마니아의 국경을 지나고 있습니다.

출발하면서 우리는 의심할 여지도 없이 24시간 동안 부쿠레슈티에 머무를 예정이었습니다. 금요일 저녁에 파리에서 출발하여 우리 열차와 마찬가지로 항구도시 바르나의 배로 연결되는 일반 열차를 기다리기 위해서 말입니다. 하지만 부쿠레슈티

---

* Lajos Kossuth(1802~1894). 오스트리아 황실을 상대로 한 헝가리의 독립투쟁을 이끌었던 정치가. 1848년 헝가리 혁명을 일으켰으나 1849년 실각했다.

라는 도시가 하루 동안 우리처럼 바쁜 여행객들을 붙들기에는 너무나 새롭고, 너무나 문명화되었으며 파리나 브뤼셀과 너무나 닮아 있다는 것을 고려하여, 친절한 철도회사는 일요일에 네 시간 동안의 도심 피크닉을 준비하였습니다. 급행열차로 네 시간이면 어림잡아 파리에서 프랑스 북서부의 디에프 사이의 거리입니다. 여러분들은 한 부르주아가 일요일의 무료함을 달래기 위해 생라자르 역에서 차 한 잔을 마시고 비아스 씨의 카지노 앞 해변에서 수영을 한 뒤 루아얄 호텔에서 점심식사를 하고, 테라스에서 콘서트를 들은 다음, 카페 앙글레에서 야식을 먹기 위해 파리로 돌아온 것을 아십니까? 이것이 바로 우리의 10월 7일 한나절의 일정입니다. 나겔마케르 씨가 창의적인 생각으로 만들어 낸 계획 그대로인 것입니다. 여러분은 그가 일체의 기대 이상으로 성공하였다는 것을 알게 될 것입니다.

# 루마니아의 여름궁전

우리가 잠에 취해 부쿠레슈티 역에 들어섰을 때는 아침 다섯 시가 되지 않았습니다. 루마니아 철도 책임자인 올라네스코 씨는 우리를 기다려 무척이나 붐비고, 친절해 보이는 사람들로 가득 찬 뷔페식당에서 아침식사를 마련했습니다. 나는 기차에서 내리면서 플랫폼에서 프레데릭 다메 씨를 발견했습니다. 그는 파리 출신의 젊은 기자인데 이곳에 뿌리를 내리고 어떤 매력 있는 여자와 결혼하여 중앙 정치신문인 『인디펜던스 루마니아』를 성공적으로 이끌고 있습니다. 그는 우리와 함께 식탁에 앉아 차 두 잔과 캐비어 타르틴을 먹는 사이에 우리가 낮 동안에 지나가게 될 루마니아의 휴양지 시나야<sup>Sinaia</sup> 마을은 오늘 공식적 축제의 무대일 것이라고 알려 주었습니다. 언론을 제외한, 나라의 모든 당국자들은 카롤 1세가 도나우 강의 수면에서 600미터 이상 높이의 산에 짓게 한 궁전의 낙성식에 초대를 받았습니다. 놀랍다고들 말하는 건축물은 10년 이상의 작업과 3백만 프랑 이상의 값어치가 있습니다. 시나야 마을로 구경꾼들을 실어 나를 즐거움에 찬 열차가 마련된 것입니다. 우리로서는 돈 한 푼 내지 않고 멋진 열차를 타고 이곳에 온 셈입니다. 시나이 수도원에서 이름을 따온 시나야는 트란실바니아$^{Transilvania}$의 한복판인 수도의 북쪽에 있습니다. 우리는 적어도 한 시간 동안 내 옛 친구 중 한 사람인 게오르게 비베스쿠*의 땅을 지나갔습니다. 그는 루마니아의 대공일 뿐이지만 프랑스 군대는 그를 영웅으로 꼽습니다. 나는 그에게 우리의 도착을 알렸고 그와 컴피나$^{Câmpina}$ 역에서 인사를 나누고 싶었습니다. 하지만 시간은 그것을 허락하지 않았습니다. 우리는 빠른 속도에 압사당할 지경이었습니다. 기차는 컴피나 역과 지나가는 거의 모든 역들을 그대로 통과하였습니다. 하지만 루마니아의 평원과 산을 비롯한 땅뙈기를 볼 수 있었습니다. 우리는 풍요로우면서 기이한 이 나라에 대해 알게 되었습니다. 이 나라의 영토는 넓이로는 프랑스의 3분의 1에 달하며 인구는 겨우 5백만 명밖에 되지 않습니다. 모두가 충적토인 평야는 마르지 않는 풍족함을 지니고 있습니다. 부식토는 이곳에서 종종 수 미터의 깊이에 달합니다. 불행히도 숲은 황폐해졌고 아직도 매일같이 짐승들만큼이나 사람들에 의해서도 그렇게 되고 있습니다. 벌채는 물을 고갈시켰습니다. 이 고장을 흐르는 도나우 강의 대여섯 개의 지류는 강이라는 이름을 붙이기 힘

* Gheorghe Bibescu(1804~1873). 루마니아의 문테니아(발라키아) 공국의 영주로 러시아의 지배와 투르크의 견제 속에서 민족주의 정신을 내세우며 정치와 사회 개혁에 힘썼다. 그는 외세 제거와 국가통일을 표방한 혁명정부의 요구를 받아들였으며, 프랑스식 교육 모델을 도입하였고 퇴임 후에는 파리에서 살다 생을 마감하였다.

듭니다. 물이 불어나기도 하는 쥘 강과 올토 강을 제외하고는 말입니다. 그 급류는 오늘은 범람했다가 내일은 말라 버리기도 합니다. 비가 내리지 않는 여름만 되어도 1883년의 여름처럼 온 나라를 말려 버리고 수확을 허망하게 만들어 버리며 농사를 짓는 인구, 즉 나라 전체를 굶주리게 합니다. 토지의 문제는 그라쿠스 형제 시절의 로마에서처럼 여기서 대단히 민감합니다. 하지만 토지 문제는 땅을 분배하는 것으로 해결되지 못할 것입니다. 왜냐하면 농부에게 땅은 부족하지 않기 때문입니다. 농부는 자신이 재배할 수 있는 것 이상의 땅을 소유하고 있습니다. 1864년 농노제를 폐지한 왕도 각각의 농가에 5.5헥타르를 주었습니다. 그 정도면 상당히 많은 것입니다. 그 정도가 충분하지 않다고 해도 여전히 국토의 3분의 1을 소유하고 있는 정부는 더 많은 양을 주는 데 쉽사리 응하지 않을 것입니다. 하지만 루마니아 농부에겐 자산이 없습니다. 농민들에게는 경작 기자재와 가축, 씨앗, 가족의 생계 등을 해결하기 위한 얼마간의 돈이 필요할 것입니다. 빵 문제에 대해 말하자면 하나의 좋은 예가 될 것입니다. 왜냐하면 시골의 가난한 일꾼들은 빵이라는 것을 먼 나라의 이야기로만 알고 있기 때문입니다. 그들은 한 해가 다가도록 물에 익혀서 약간의 마늘과 양파로 맛을 낸 옥수수로 연명합니다. 수확이 부족하면 자유인은 농노가 됩니다. 파나리오테들*이 차지하였던 '호스포다르'hospodar, 제후 시절처럼 말입니다. 그들은 부유한 주인인 이웃의 집에 가서 기근을 면하기 위해 옥수수 몇 꾸러미를 빌리기 위해 주저하지 않고 자신들이 지닌 유일한 것인 노동력을 저당잡힙니다. 다음 해에 채권자인 주인은 자기 집에 경작과 김매기 혹은 수확을 해야 할 때가 오면 농민들에게 약속을 지키라고 명령할 것이고 그들은 어떤 희생을 치르더라도 그 일을 해야만 합니다. 이렇듯 이웃의 불행을 이용하는 사람들은 보복을 당할 수도 있습니다. 루마니아 사람들은 대규모 농민폭동을 일으키기에는 너무나 온순합니다. 하지만 이따금 너무나 절망한 나머지 일을 저지르기도 합니다. 그리스 정교가 닥치는 대로 빈번하게 만들어 낸 종교 휴일은 이 나라에서 살아가는 일을 더욱 어렵게 만들었습니다. 일년이면 축제일이 125일이 있다고들 합니다. 주일을 제외하고 말입니다. 프랑스의 사제가 선량한 사람들에게, "여러분들은 이틀에 하루만 일해야 합니다"라고 말했다면 파리 북서부의 조그만 마을인 퐁투아즈 지역에서도 별로 좋은 소리를 듣지 못할 터입니다. 이 나라에서 사제는 별로 대접을 받지 못하지만 종교적으로는 복종을 받습니다. 사제는 마을의 부유한 사람들에게 한 달에 한 번 세례와 기도를 강요합니다. 자신들의 집을 치우는 데 20프랑 쓰는 것에도

---

* Phanariote. 18세기 오스만 투르크 제국 시절 콘스탄티노플(이스탄불)의 그리스인 거주 지역인 파나르에 살았던 그리스인 유력자들. 오스만 제국의 정치에 큰 영향력을 행사했다.

인색한 사람들에게 말입니다. 하지만 우리는 동방의 교회를 개혁하려고 여기에 온 것이 아닙니다. 우리는 루마니아의 도시 플로이에슈티 Ploieşti에 와 있습니다. 이곳은 석유의 원산지인데, 석유를 이용만 할 수 있다면 곧 영국산 석탄을 가스등으로, 나무를 보일러 난방으로 대체하게 될 것입니다. 여기서 멀지 않은 곳에서 우리는 작고 멋진 기병대 캠프를 발견했습니다. 잘 정리되어 펼쳐진 텐트와 말뚝에 묶여 있는 말들, 한가로운 사람들이 보였고 주위를 맴도는 온화한 기운이 느껴졌습니다.

컴피나에서부터 우리는 산 한복판에 들어와 있습니다. 길은, 물이 항상 침범하는 것은 아닌 거대한 돌들로 그럭저럭 제방을 쌓은 급류를 따라 나 있습니다. 지금 강 밑바닥은 거의 말라 있습니다. 그곳으로 소가 끄는 짐수레와 농부들이 다니는 것이 보입니다. 농부들은 조약돌처럼 둥근 석회암을 주워 모아 강 양편에 흩어져 있는, 석회를 만드는 작은 가마에 넣습니다. 산은 나름대로 그림과 같은 풍경을 보여 주고 있습니다. 화강암으로 이루어진 알프스 산맥이나 석회암으로 이루어진 피레네 산맥하고는 다르지만 말입니다. 산은 오히려 이탈리아 반도를 종단하는 아펜니노 산맥과 비슷해 보입니다. 하지만 아펜니노 산맥보다는 더 새롭고 덜 피폐하며 능선은 더 힘차고 초목은 더 활력에 넘쳐 웅장합니다. 우리는 놀라고 또 놀라며 협곡에서 절벽을 지나 시나야라는 기이한 마을까지 걸어왔습니다. 내가 기이하다는 말을 쓴 이유는 이 마을은 농부가 없고 프랑스의 부지발이나 심지어는 트루빌보다도 언뜻 보아, 아니 실제로도 더 세속적이기 때문입니다. 작은 별장과, 대단히 우아하고 화려한 파리풍의 전원주택, 성채 등으로만 이루어져 있습니다. 그러한 취미는 정원과 공원의 배치에 이르기까지 다시 발견됩니다. 역에 도착해서 내 눈을 깜짝 놀라게 한 첫번째 것은 오랜 민주주의자 로세티의 상냥하고 귀품 있는 모습이었습니다. 그는 미슐레와 키네의 열정적이며 사랑 받는 계승자로, 또한 라탱 구역의 오래된 사도로, 그의 조국은 물론 우리 조국에서도 꺾이지 않는 자유의 승리자로 평생 남을 것입니다.* 그는 운명이 이끄는 곳이면 어디서든지 자신의 맡은 바 소명을 다했습니다. 그에게 자신의 뜻과 무관하게 품위와 명예에 관련된 일이 일어났습니다. 아니 차라리 그는 어쩔 수 없이 명예로운 직위를 받아들여야만 했습니다. 확신에 차고 공공연한 공화주의자인 그는 루마니아 의회의 의장이 되었습니다. 카롤 1세는 공공연히 그에 대해 높이 평가했습니다. 더욱이 사람들은 내게 단언하기를, 자유와 지나칠 정도로

---

* 루마니아의 정치 지도자인 로세티는 일찍이 파리에 유학하였고 라마르틴의 후원 하에 '루마니아 대학생 모임'을 결성하였다. 그는 프랑스의 역사가이자 콜레주 드 프랑스 교수였던 미슐레와 키네의 강의를 열정적으로 청강하였다. 소르본과 콜레주 드 프랑스가 위치한 라탱 거리는 교수와 학생들이 철학과 문학, 사상 등을 토론하던 장소이다. 1848년 로세티와 더불어 파리에 유학하였던 루마니아 대학생들은 고국으로 돌아가 루마니아 혁명을 이끌게 된다.

솔직함을 강조하는 나라에서 왕이 공화주의자 상당수를 자신의 문무관으로 임명하고, 그럼에도 그에게 충성심을 바친다는 사실만큼 이상한 것은 아무것도 없다고 합니다.

이 유명한 의장은 친절하게도 나를 친견한 후 왕의 성으로 안내하여, 그럴 자격이 없음에도 대연회에 참석하도록 했습니다. 하지만 왕의 연회에 가려면 산중山中이라도 복장을 갖출 필요가 있었습니다. 나는 그럴 만한 옷을 트렁크에 전혀 가지고 오지 않았기 때문에 사과와 감사의 말을 동시에 했습니다. 여행 동료들과 더불어 점심식사를 하기로 되어 있는 시나야 호텔로 갔습니다. 이 작은 마을에는 호텔이 두 곳이 있기 때문에 한 곳에서는 점심을, 다른 한 곳에서는 저녁식사를 합니다. 두 호텔 중 더 빨리 세워진 것 같은 호텔은 왕가의 옛 시종의 것입니다. 그의 경쟁자가 호텔 가까운 곳에 호텔을 세울 수 있게 해달라고 요구하자 당국은 최초 점유자의 권리를 유보시켰습니다. 우리가 보기에 그리 새로 세워진 것도 아닌 고장에서 특이한 타협안이 만들어진 것입니다. 여기가 루마니아라는 것을 별도로 하고라도 정말 터무니없는 일입니다.

이 나라를 결코 정복하지 못한 투르크인들은 대수롭지 않은 세금과 과도한 뇌물을 얻어 갔습니다. 총독, 혹은 '호스포다르'라는 기독교 지배자는, 거의 항상 이스탄불의 파나리오테들 가운데서 선택되었는데, 그들은 6백만 프랑에 이 나라를 개발할 권리를 샀습니다. 여러분, 일단 한 번 임명된 사람들이 과연 스스로 변하려고 노력할지 생각해 보십시오. 오스만투르크 제국의 어전회의는 좀더 부유하거나 더 호의적인 입찰자를 찾기 위해 자신이 발령한 사람을 줄곧 해임했습니다. 투르크인들은 권력의 대리인에 대해 안심하고자 하는 마음이 너무나 커서 각 호스포다르에게 그들의 아들이나 형제를 콘스탄티노플에 인질로 남겨 두라고 강요했습니다. 그래도 호스포다르인 미하일 수초 Mihail Şutu, 1819~1821년 사이 루마니아의 전신인 몰도비아 총독가 반기를 드는 것을 막지는 못했습니다. 왜냐하면 그는 파나르 거리에 인질로 붙잡혀 있는 자신의 동생에게 간신히 교묘한 방법을 써서 미리 알렸기 때문입니다. 동생은 호메로스 축제를 이용해 도망쳤고 그동안 대신들과 경찰은 그의 집에서 야참을 먹고 있었습니다. 그렇습니다. 터무니없는 일입니다. 부쿠레슈티에서 가장 보잘것없는 부르주아가 여러분이나 나처럼 프랑스어를 말하고, 왕국의 학교에서 모든 단계의 교육이 무료라는 것을 예외로 하더라도 말입니다.

가장 세련된 문화든 가장 철학적인 교육이든 반유태적으로 판단하는 것은 옳지 않습니다. 또한 도나우 강가의 교활한 파리 사람들은 유태인들에 반대하는 것은 전적으로 가능하다고 여전히 생각하고 있습니다. 그들의 의회는 국가의 모든 관리와 연금수령자들에게 자신들의 수입을 저당잡혀 빌린 채무를 탕감해

주지 않았습니까? 융자금이 단지 폭리일 수 있고 유태인들이 동의했다는 구실로 말입니다.

　우리는 호텔 베란다 아래 야외에서 점심 식사를 했습니다. 식사 중에 보헤미아 오케스트라가 흥을 돋우어 주었습니다. 오케스트라의 지휘자는 힘이 넘치는 키 작은 호인이었는데 눈이 석류빛으로 빛났고, 다소 분명하지 않은 만큼 더욱 파고드는 것 같은 목소리는 악기의 음과 뒤섞였습니다. 우리는 토속 양탄자를 파는 상인의 접대를 받았습니다. 양탄자는 색채가 상당히 강렬했지만 터키 남부 카라만<sup>Karaman</sup>의 양탄자보다 덜 아름다우면서도 두 배는 더 비쌌습니다. 두세 명의 여자 농부들이 와서 우리에게 몇 벌의 옷감과 그들 방식으로 만든 자수를 보여 주었습니다. 그곳에서 화가 난 고약한 말투와 왁자지껄한 소리를 두려움에 사로잡혀 알아들었습니다. 만일 이 위대한 색채화가가 자신의 작품에 아닐린과 포크신이라는 합성염료를 넣었다면 동방 세계에 불행이 있을지어다! 부쿠레슈티의 여러 부인들이 나를 달래 주기 위해 시골의 수 놓는 여자에게 모델을 마련해 주고 그 작품을 팔기 위해 애를 쓰려는 따뜻한 생각을 했었다고들 합니다. 아아! 가장 아름다운 캐시미어 숄이 낫 놓고 ㄱ자도 모르는 위대한 예술가의 대표작이라는 사실을 어찌 잊을 수 있겠습니까? 그러나 신제품을 파는 상인들이 카바넬<sup>19세기 프랑스 화가</sup>의 학생들을 시켜 파리에서 이 그림들을 그리게 한 다음부터는 저잣

거리의 여자들조차 그것을 사지 않게 되었다고 합니다.

커피를 마시고 있었는데 궁전의 조신 한 사람이 왕과 왕비가 우리를 보고 싶어 한다는 것을 알리러 왔습니다. 우리는 예의를 따지지 않고 여행 복장으로 저 위에서 만나기로 했습니다. 그때까지 두 시간 남짓 우리를 그리 불편하지 않을 정도로 성가시게 했던 비가 상당히 많이 쏟아지기 시작했습니다. 즐거운 일이 벌어지게 될 장소로 가는데 사륜 합승마차 하나 이용할 수 없었습니다. 그래서 5리유*나 되는 산길을 시시각각 굵어지는 빗줄기 속에서 걸어가야 했습니다. 분명히 우리는 우산을 쓰고도 온통 젖은 채로 흙탕물을 튀겨 가며 도착할 것입니다. 하지만 어쩌겠습니까! 즐거운 마음으로 염소가 지나다니는 작은 길을 줄줄이 서서 걸어갔습니다. 십오 분이 지나서 시나야의 수도원에 다다랐습니다.

왕은 그곳에 성을 세우는 일을 지휘하기 위해 임시로 옮겨 와 있었습니다. 다시 오 분이 지나서 머리 위에서 어떤 건물의 우아하고 기이한 실루엣을 발견했습니다. 그 같은 건축물은 꿈속이나 그림동화 말고는 결코 한 번도 본 적이 없는 것 같았습니다. 별장 같은 궁전은 가장 교묘한 고고학과 가장 근대적인 상상력이 재주를 부려 만들어 낸 것 같습니다. 나무와 대리석, 유리, 금

* 리유는 프랑스의 옛 거리 단위로 1리유는 약 4킬로미터를 가리킨다.

속을 이용해서 말입니다. 구름을 찌르듯 솟아 있는 탑과 망루 사이, 베란다로 덮인 발코니 위에서 제복이 번쩍거리며 빛을 발하는 것이 보였습니다. 갑작스럽게 이는 바람 사이로 군악이 이따금씩 들려 왔습니다. 아직은 푸른색이 없는 잔디밭 가운데서 내년이면 푸른 잔디가 돋아날 것입니다. 물레방아를 돌릴 정도로 센 분수가 아찔한 높이까지 솟구쳐 오릅니다.

우리는 그다지 주변 풍경을 즐기지 못했습니다. 풍경이 대단히 멋졌는데도 말입니다. 발걸음을 옮길 때마다 푹푹 빠지는 땅에서 우스꽝스러운 사고라도 일어날까 봐서입니다. 다들 산책로가 미끄럽다고들 했고, 나도 이런 정도의 길은 처음이었습니다. 마침내 우리는 도착을 하였고 짧은 웃옷에 프록코트를 입은 멋진 조신 한 사람이(내가 루마니아에서 본 조신들은 모두 훌륭했습니다) 우리를 있는 그대로 소개했습니다. 어떤 사람들은 둥근 모자를, 또 다른 사람들은 폭신한 모자를 쓰고 있었습니다. 드 블로비츠 씨는 이탈리아 칼라브리아의 불한당처럼 차려입었습니다. 우리는 짧은 외투와 우산을 호화로운 현관에 내려 두었습니다. 만약 구두닦이에게 신발을 맡기려 한다면 돈을 많이 치러야 할 모양새였습니다. 하지만 상황에 맞게 처신해야 하는 법입니다. 아무도 우리가 진흙투성이라는 것을 알지 못하는 것 같았습니다. 눈이 부실 정도로 휘황찬란한 방에 화려하게 들어섰습니다. 그 방에는 왕국의 모든 고관들과 고위 관리들, 모든 장관들이 훈장과 휘장을 과시하고 있었습니다. 다만 수상인 브라티아노 씨만이 외교 문제로 불참했습니다. 의전을 담당하는 조신이 우리를 둥글게 서게 했고 왕관을 쓴 군주에게 우리를 차례로 소개했습니다.

카롤 왕은 보통 키에 냉정하고 신경이 날카로운 기질에 그야말로 군인의 풍채였습니다. 그는 45세였지만 그 나이로 보이지 않았습니다. 그는 프랑스어를 외국인 억양이 느껴지지 않을 정도로 유창하게 말했습니다. 확실히 그는 루마니아어에도 정통하고 쓸 줄도 안다고 합니다. 독일 호헨촐레른Hohenzollern, 1871~1918년 독일을 지배한 왕가 가문 출신인 대공은 그의 조국이나 다름없는 나라에 진심으로 애착을 느낀다고 합니다. 베르나도트Bernadotte, 나폴레옹 시대의 프랑스 출신 장군이며 스웨덴의 카를 14세 국왕이 됨가 스웨덴의 애국자가 되었듯이 그 역시 루마니아의 애국자가 되었습니다. 그러한 사실은 우리 자신도 판단할 수 있습니다. 그가 참다운 재능을 발휘하여 공식 접견에서 왕으로서의 어려운 소임을 수행했기 때문입니다. 사람들에게 각각 따뜻한 말을 건네고 이야기 상대를 편하게 해주려 애쓰면서 말입니다. 인터뷰의 대가인 드 블로비츠 씨는 자신이 왕을 인터뷰한 적이 있으며, 카롤 1세가 자신에게 오스트리아의 정치 문제에 관한 의견을 구했다고 주장했습니다.

나는 당연히 왕비가 우리 마음에 들었다고 말하고 싶습니다.

그녀는 프랑스인, 벨기에인, 외국인들인 우리들 모두를 매혹시켰으니까요. 고귀하고 아름다운 그녀는 그리스인의 옆모습에 멋진 눈, 눈부시게 하얀 치아와 고상하고 우아한 용모를 지녔습니다. 사람들은 그녀가 예술가이며 학식이 높고, 프랑스어로 책을 출간했는데 프랑스 작가 루이 울바크가 그 책의 초고를 검토했을 정도라고 합니다.

그녀는 프랑스에 대해 대단히 섬세한 취향을 지니고 있습니다. 비록 프랑스 외교관인 카미유 바레르가 런던 회의에서 루마니아 정부와 민족에게 반감을 갖도록 하기 위해 온갖 일을 다 했지만 말입니다. 나는 왕비와 궁녀들과 잠시 이야기를 주고받을 좋은 기회가 있었습니다. 그녀들은 전통의상을 입고 있었습니다. 내 생각에 그 의상은 루마니아식보다는 차라리 그리스식이었습니다. 하지만 그 의상은 확실히 고대풍이었습니다. 왜냐하면 본질적으로 무릎까지 내려오는 낙낙한 옷에 소매 없는 웃옷, 베일 등으로 이루어졌기 때문입니다. 바탕은 항상 하얀색이고 한없이 다양한 색과 구상으로 이루어진 자수가 두드러져 있습니다. 하지만 가장 화려한 장식도 주제의 웅대한 단순성을 약하게 만드는 법은 없었습니다.

인사말을 주고받은 다음, 왕은 우리에게 궁전의 방들을 둘러보라고 권했습니다. 이 궁전은 위치나 양식뿐만 아니라 왕이라는 건축가의 작품이라는 점에서 세상에서 유일할 것입니다. 내부와 실내장식은 고전적이라기보다 더 독창적인 풍미를 지니고 있습니다. 어쨌든 일반적으로 보아 만족스럽습니다. 참으로 다양한 장식 패널들이 만들어져 있습니다. 몇몇 방들과 그리 작지 않은 방들까지도 천정에서 바닥까지 르네상스식의 옛스런 가구처럼 장식되어 있습니다. 왕은 검소하면서 무심한 예술가들 중 한 사람을 찾아낸 것 같습니다. 수도원의 수도사처럼 작업에 몰두하는 예술가 말입니다. 나로서는 더 이상은 알지 못합니다. 여러분들은 어떻습니까?

궁전을 만드는 데 독특한 점은 가장 아름다운 전망으로 주요 창들을 내기 위해 정성을 쏟았다는 것입니다. 감탄할 만합니다. 급류와 바위, 200~300년은 된 거목, 항상 신선한 샘물이 있는 작은 골짜기는 변화무쌍한 파노라마를 만들어 냅니다. 우리는 그 광경을 지금 아주 편안하게 보고 있습니다. 각각의 창문들이 액자 역할을 하기 때문입니다.

우리는 무척이나 다정한 성의 안내자들과 작별할 일밖에는 남지 않았다고 생각했습니다. 그런데 교회만큼이나 크고 높은 방에 들어가게 되었습니다. 성가대 앞의 고위 성직자처럼 조각된 나무로 만들어진 특별석에 앉으라고 권유받았습니다. 우리는 음악당에 있습니다. 마드리드의 오페라 극장에서 눈부시게 데뷔했고 니스 음악제에도 참가했다고 하는 훌륭한 집안 출신의 루마니아 아가씨가 피아노 반주에 맞추어 노래를 했습니다.

왕비가 반주를 했습니다. 오, 19세기 그리스의 불쌍한 오톤 국왕 치하 아테네 궁정의 시종장인 훌륭한 플러스코우 남작 부인*이여, 엄격한 당신이 그림자처럼 옆에 있었다면 무슨 말을 했을까요? 루마니아 왕비가 궁전의 신성불가침의 예법을 그렇게나 격식 없이 다루었다면 말입니다. 당신은 고귀한 베르튀가뎅치마를 넓히기 위하여 허리에 넣는 틀이나 페티코트이라도 찾아내어 당신의 얼굴을 가릴 것입니다. 만일 당신이, 아주 아름다운 음악과 완벽한 연주를 듣고도 예의 없는 많은 불청객들이 저속한 장소에서처럼 버릇없이 박수를 치는 것을 듣게 된다면 말입니다. 하지만 잠시 후에 더 고약한 일이 일어날 것입니다. 이제는 왕비가 피아노를 떠난 것입니다. 왕비는 시녀에게 자리를 물려주고 큰 안락의자에 앉아 음악을 듣고 있습니다. 갑자기 왕비는 악보를 넘겨야 한다는 것을 알아챕니다. 왕비마마께서 일어나더니 그 존엄한 손으로 악보를 넘깁니다. 이것 참 볼썽사나운 예의범절이 아니겠습니까!

왕비는 발칸 전쟁이 아직 한창이던 중에 상당히 심한 병에 걸렸다고 합니다. 그녀는 응급차에 있게 되었는데 부상당한 불쌍

---

* 플러스코우 남작 부인은 그리스 궁정에서 왕비를 모셨던 시종장이었다. 그녀는 엄격하며 말수가 적고 절도 있는 여자로서 왕비를 그림자처럼 따라다니며 보좌하였다. 남작 부인은 왕비와 일정한 거리를 두고 꼼짝 않고 자리를 지켰기 때문에 사람들은 그녀를 밀랍인형으로 착각할 정도였다.

한 병사들을 밤낮으로 생각했다고 합니다. 궁전에 있지도 않았던 병사들까지도 말입니다.

작은 음악회가 끝나자 우리는 기념 건축물인 식당에서 차를 마시라는 권유를 받았습니다. 그곳에서 처음으로 촛불이 밝혀졌습니다. 이처럼 넓은 건물에서도 조명 문제는 상당히 심각합니다. 나는 그 문제가 완전히 해결되었다고 생각하지 않습니다. 하지만 전등 문제가 이 궁전에서부터 해결될 것이고 아마도 루마니아 전체에서도 그럴 것이라고 생각하고 싶습니다. 왕비는 자신이 직접 쓰고 그린 기념일에 관한 기록물을 우리에게 보여주었습니다. 그 기록물은 송아지 가죽으로 만들어진 큰 종이 위에 중세 필사본 양식으로 작성되었습니다. 성의 정면이, 두 편으로 된 기념 사행시 사이에 단색으로 힘차게 그려져 있었습니다. 그 중 한 편은 루마니아의 대시인인 알렉산드리 씨가 쓴 것이고 다른 하나는 왕비 자신이 직접 쓴 것입니다. 그는 그 시들을 두 편 모두 우리에게 해석해 주었습니다. 날이 어두워지기 시작했고 왕과 왕비는 마지막 모임 이후 우리가 떠나도록 해주었습니다. 모든 무리들은 떼를 지어 중앙계단으로 달려들었습니다. 그곳에서 점잖은 시종 하나가 틀림없이 우리를 성의 일꾼들로 생각하고는 예의 바르게 불러 세웠습니다. 그는 직접 우리를 작고 아담한 통로를 통해 하인들이 쓰는 뒷계단까지 데려갔습니다. 우리는 뒤쪽 계단을 통해 빗물받이 홈통 바로 아래의 안마당으로 갔습니다. 그런데 브르타뉴에서처럼 비가 오기 시작하였는데, 외투와 비옷을 아까 큰 계단 아래에 두고 온 것입니다. 그래서 다시 큰 계단으로 돌아가야만 했고 바짓가랑이를 말아 올리고 소나기를 다시 맞으며 이리저리 물웅덩이를 건너 기차가 우리를 기다리는 역까지 가야만 했습니다. 가는 도중에 자연은 우리에게 흥미진진한 풍경을 선사했습니다. 우리 뒤에서 지평선을 장막처럼 가리고 있던 산이 돌연 색채를 바꾼 것입니다. 산이 어두웠다가 순식간에 밝아지곤 했습니다. 올해 첫눈이 내린 것입니다.

우리는 부쿠레슈티에 우리끼리만 돌아가지 않았습니다. 우리의 젊은 동료 프레데릭 다메 이외에 철도 책임자인 팔코이아노 장군과 왕의 부관인 칸디아노 포페스코 대령이 우리와 함께 저녁식사를 하러 왔습니다. 대령은 군인 같은 용모에 번쩍이는 기지를 지녔는데 상당히 랑베르 장군을 연상시켰습니다. 플레벤<sup>1877년 러시아와 투르크 사이의 전투가 벌어진 불가리아 북부의 도시</sup>에서 영광스러운 명예를 얻은 장군 말입니다. 그는 열렬한 애국자이고 열정적인 자유주의자이자 재능 있는 시인이라고 합니다. 두 사람의 뛰어난 군인들과 전쟁에 대해서가 아니라면 무엇에 대해 말해야 할까요? 지난 전쟁과 앞으로 일어날지도 모르는 전쟁에 대해 말입니다. 그 신사들은 그들의 오랜 적인 투르크인들을 높이 평가합니다. 그들은 엄청난 용기가 있으면서 욕구는 아주 적은 그 가엾은 이슬람 병사들에 대해 진심으로 감탄합니다. 그들은 그들 자신에 대해서는 대단히 겸손하게 말하지만 자기들이 거느린 군대의 육체적·정신적 가치에 대해서는 합당한 평가를 내립니다.

그들은 여기서 볼 때 장밋빛이 아닌 미래를 의연하게 생각해 봅니다. 지난 시절에 외교술을 통해 많은 것들이 이루어졌지만 아무것도 체계화되지는 못했습니다. 외교술의 결과 강력한 이웃국가로부터 각기 독립한 두 개의 독립 왕국인 오스트리아-헝가리 제국이 만들어졌습니다. 반면에 오스만-투르크 제국에 예속된 두 공국은 거의 자발적으로 러시아에 항복하였습니다. 그리스에 많은 것을 양보했지만 그리스를 만족시키지도 누그러 뜨리지도 못했습니다. 또한 루마니아에게 도브루자Dobrogea, 루마니아와 불가리아에 걸쳐진 도나우 강과 흑해 사이 지역를 주고 베사라비아 Basarabia, 몰도비아와 우크라이나에 걸친 지역를 빼앗았습니다. 도브루자 는 베사라비아만큼 가치가 있습니다. 아마도 그 지방은 공증인 사무실에서 아마도 더 비싸게 팔릴 것이지만 애국심을 그렇게 이해타산으로 계산할 것인가요? 프랑크푸르트 조약으로 우리 가 알자스-로렌 지방을 가혹하게 빼앗겼지만 우리에게 벨기에 를 할양해 주었으므로 우리가 위안을 얻었을까요? 가장 단호한 낙관주의자의 눈에도 투르크에서 떨어져 나온 모든 나라들은 조만간 다시 전쟁터가 될 수도 있는 혼란스러운 땅입니다. 러시아와 오스트리아가 거기서 주도권 다툼을 벌이고 많은 돈을 뿌리며 자신들의 가장 능란한 앞잡이를 내세워 여론을 선동합니다. 그 나라들이 조만간에 공개적인 전쟁을 벌일 것이라고 말할 수 있을까요? 아마도 상당히 가능성이 높지만 병사들과 마찬가지로 민중들도 그들의 운명을 피하지 못합니다. 유럽의 동방에 속하는 두 개의 큰 세력은, 우리가 그토록 즐겁게 돌아다닌 평원에서 조만간 충돌할 것입니다. 피의 물결이 오래된 도나우 강의 흙탕물을 계속 붉게 물들일 것입니다. 피할 수 없을 그 싸움은 너무나 엄청나서 독일은 오스트리아에 협력을 약속했고 투르크도 오스트리아가 죽어 가는 것에 무심하거나 체념하지 않았습니다. 격동기에 베를린 조약의 결과로 세상에 나온 작은 나라들은 어떻게 될까요? 루마니아는 살려 두기로 결정되었습니다.

루마니아가 자치권을 중요하게 여기지 않는 것은 아닐 것입니다. 하지만 이 나라는 심각할 정도로 재정 수입이 한정되어 있습니다. 1억 2천만 프랑이라는 예산은 간신히 군대를 유지할 정도입니다. 그렇지만 또 다른 공기업들을 그럭저럭이라도 먹여 살려야 했습니다. 장관들은 월 1,200프랑에 만족해야 합니다. 부쿠레슈티의 경찰청장은 간신히 자동차 한 대를 임차할 정도인 7백 프랑으로 족했고, 군수들이 받는 250프랑은 목민관의 윤리를 지켜야 한다는 관점에서 볼 때 그리 충분한 수치가 아닙니다. 왕은 노련한 산림관리인을 프랑스에서 자문으로 불러오게 했고 나라에 나무를 다시 심는 데 어떤 노력도 아끼지 않을 것이라고 방금 전에 내게 말을 했습니다. 하지만 한 그루의 나무를 심기 전에 사람들의 손과 가축떼의 날카로운 이로부터, 살려고 하는 막 자란 나무들을 보호해야 할 것입니다. 불행이도 산림관리인과 농림 감시인은 어디서나 부족합니다.

체! 때가 되면 알게 되겠죠! 우리는 부쿠레슈티에 가까이 갔습니다. 간단하게 세면을 했습니다. 저녁 열 시경이 되자 우리는 매우 기운차 보이는 말들을 매달아 놓은 사륜 합승마차 몇 대를 발견하고 그 마차를 타고 끝없이 이어지는 길을 따라 갔습니다. 길에는 아주 낮고 무척 깨끗하며 대체로 새로 지은 집들과 최신 유행의 레스토랑까지 늘어서 있었습니다. 그곳에서 철갑상어가 주요리인 훌륭한 야식을 먹게 되었습니다. 나는 신선한 캐비어를 좋아한다고 생각했습니다만, 사실은 캐비어를 유명세로만 알고 있었습니다. 스털릿이라는 철갑상어에 대해 말하자면 나이 어린 에스튀르 종과는 완전히 다릅니다. 독자 여러분, 나는 여러분들에게 조리되지 않은 캐비어를 한번 맛보기를 권합니다. 우리가 먹어 보았듯이 마늘도, 파프리카도 그 어떤 강한 양념도 넣지 않은 캐비어 말입니다. 양념이 강한 헝가리 요리는 캐비어를 최고로 만든다는 구실로 그것을 망쳐 버리는 경향이 있습니다. 캄피네아노 씨는 농림부 장관이자 왕국에서 가장 뛰어난 사람들 중 한 사람으로 식사를 주재했습니다. 식사는 매우 즐거웠으며 훌륭한 와인을 곁들이고 토스트 여섯 조각으로 둘레를 장식했습니다. 나는 옆에 우리 이야기를 받아 적을 사람이 있었다면 우리가 얼마나 훌륭한 식사를 했는지 기꺼이 말해 주었을 것입니다. 점잖은 다메 씨는 자정이 지나 나를 역까지 다시 데려다 주었습니다. 나는 다음 24시간 뒤에 파리에서 출발한 기차가 우리 객차와 연결되어 출발 신호를 알리자 한 시간 몇 분 안에 루마니아 국경에 도착하는 꿈을 꾸었습니다. 마치 이 기적 같은 여행에서 꿈과 현실이 하나가 된 것처럼, 내가 정확하게 꿈을 꾼 것이 되어 버렸습니다. 왜냐하면 우리는 여섯 시 사십오 분에 루마니아의 지우르지우 땅에 발을 딛게 되었고, 루세를 통해 불가리아로 들어가는 데 도나우 강만 건너면 되었기 때문입니다.

# 불가리아 횡단

북방철도차회사의 숙련된 엔지니어인 다비드 반드랄리 씨는 예술가인 데다 뛰어난 작가입니다. 그는 올해 3월 18일에 강연을 구실 삼아 『1883년의 특급 열차들』이라는 제목의, 정말로 독창적인 연구를 책으로 출판했습니다. 그의 훌륭한 작업에 나타난 새로운 아이디어 중 내용의 신뢰성과 형식의 아름다움으로 나를 특히나 놀라게 만든 것이 하나 있습니다. 말하자면 바로 이런 내용입니다.

승객용 차량 설치의 출발점은 미국과 유럽에서 서로 달랐다. 유럽에서는 단순한 운반용 의자에서 출발했다. 우리는 그 의자를 바퀴 위에 올려놓았고 그것을 점차 승합차와 철도 객차로 만들었다. 미국에서 출발점은 아주 상반된 것이다. 미국인은 집을 선택하여 그것을 철길 위로 돌아다니게 하는 데 꼭 필요한 규모로 만들어 바퀴 위에 올려놓았다.

나는 지우르지우에서 그와 같은 관찰이 적절했다는 것을 확실히 느꼈습니다. 우리의 움직이는 숙소와, 우리를 여기까지 따라왔던 잘 숙련된 하인들을 떠나면서 말입니다. 인간은 집 안에 틀어박혀 있기를 좋아하는 동물입니다. 사람은 자기 집에 있기를 원하고 여행을 하면서도 마찬가지입니다. 십오 년 전 일입니다. 카이로의 호텔에 몸을 눕힐 수 있는, 푹 꺼진 면 매트리스가 있었는데, 나는 그것에 몸을 대자마자 아주 딱딱하다 느꼈습니다. 그런데 남이집트에서 한 달 동안 항해를 한 다음에는 그 매트리스가 쾌적하다고 생각하게 되었습니다. 내 여행 동료들은 우리 숙소가 카이로의 에스베키에 정원의 넓게 퍼진 미모사신경초라고도 하는 관상식물 아래 있는 것을 알고 소리를 질렀습니다. "그럼 우리는 우리 집에 있는 것이야!"라고 말입니다. 아닙니다! 나는 더 이상 우리 집에 있지 않습니다. 전혀 아닙니다. 내가 도나우 강의 진흙이 범람해 황폐해진 제방 앞의 들판 한가운데 발을 디뎠을 때는 말입니다. 스무 명의 하역인부들이 우리 짐을 들고 배로 옮기자, 나는 발 아래 땅이 푹푹 꺼지는 것을 어렴풋이 느꼈습니다.

요컨대 조잡하며 상당히 낡고 오래된 나무로 만들어진 선착장이 편하지는 않았지만, 우리를 삼십 분도 안 걸리는 사이에 루세로 데려간 아침나절의 작은 기선은 상당히 나의 마음에 들었습니다. 선장은 점잖으면서 몸집이 있는 사람이었습니다. 배의 식음료 담당자는 투르크식의 훌륭한 커피 몇 잔을 지칠 줄 모르고 대접하였습니다. 나겔마케르 씨의 시중꾼은 침대차의 술 저

장고에서 잠시 빌린 20여 병의 와인을 땄습니다. 우리는 나중에 부두가 될 제방 위에서 훌륭한 루마니아 포도를 넉넉히 비축했습니다.

우리의 하선은 오스트리아의 큰 배들 중 하나가 기항하는 바람에 다소 늦어졌습니다. 노아의 방주와 흡사한 그 배는 헝가리 저지대와 도나우 강 하구 사이를 오가는 철도와 상당히 오래도록 경쟁을 할 것입니다. 왈츠곡으로도 만들어진 이 강은 수량이 많고 상당히 빠르며, 만조 시기의 카이로 인근 불라크 지역의 나일 강처럼 황갈색입니다.

나는 루세 역에 대해서는 아무 말도 하지 않을 것입니다. 비록 이 노선의 출발점이 되는 이 역이 프랑스 남서부 끝자락 랑드 지방의 한 마을에나 있을 법한 초라한 형상이라도 말입니다. 우리는 여덟 시에 도착하여 아홉 시 삼십 분에 객차를 타야 합니다. 그래서 나는 두서너 명의 동료들과 덮개도 없이 망가진 사륜합승마차들 중 한 대에 올라탔습니다. 마차의 마부는 『산중의 왕』 지은이 에드몽 아부가 쓴 동명의 소설 의 동료들처럼 차려 입었고 말은 춤이라도 출 듯 활력이 넘쳤습니다. 마부와 말들은 각기 알 수 없는 말을 외치거나 울어 댔습니다. 그래서 나는 낯선 길을 따라 그럭저럭 늘어선 회반죽 부스러기의 결합체라 할 수 있는 루세를 보았습니다. 삽과 빗자루가 우리처럼 산책이나 하겠다고 이곳에 올 꿈이라도 꾼다면 충격적인 사건이 될 것입니다. 1852

년 2월 끔찍한 사건이 일어났던 피레아스Peiraiás, 그리스의 항구도시로 그리스가 오스만 제국에 선전포고할 것을 우려한 영국에 점령되었다는 내게 루세와 비교하면 베르사유라고 할 수 있습니다. 불쌍한 불가리아 사람들! 여러분은 유럽이 그들의 운명에 그토록 열렬하게 관심을 가졌던 시기를 기억하십니까? 나는 잔콜로프 씨와 제스쇼프 씨를 다시 만났습니다. 그들은 강베타Léon Gambetta, 프랑스의 공화당 정치가로 총리를 지낸 인물에게 정신적 지지를 간청하러 파리에 왔던 젊고 영리한 대표단입니다. 그들은 영광스럽게도 내게 말을 넣어 유명한 애국자강베타와 면담을 하려 했습니다. 그들은 나와 함께 말라브리파리 근교 남쪽의 마을의 나무그늘 아래서 그를 만났습니다. 강베타에겐 그들에게 보내 줄 군대가 없었기에 그는 그들이 모험에 뛰어드는 것을 보게 되지나 않을까 염려했습니다.

"여러분들의 세력은 정확히 어떤 상태입니까?" 그가 그들에게 물었습니다.

그들이 대답했습니다. "우리는 세력이 조금도 없습니다." "국가경비대도 없다는 말입니까?" "그것도 없습니다. 우리는 단지 체조협회만 있습니다." "군대는요?" "거의 없습니다." "훈련은 되었습니까?" "조금은요." "허, 여러분, 당신들은 짓밟힐 것입니다." "의심할 여지가 없지요. 그렇지만 우리는 봉기할 것입니다." "그럼 무슨 이유에서입니까?" "그렇게 해야만 하니까요."

우리는 그들에게서 다른 대답을 들을 수 없었습니다. 이슬람

식의 숙명론이 전파되어 그들을 사로잡은 것 같았습니다.

그들은 우리에게 말한 대로 봉기할 것이고 강베타가 예상한 것처럼 짓밟힐 것입니다. 그들의 피는 러시아가 슬라브족이자 정교도로서 그들을 구해 주어야겠다고 생각할 날까지 철철 흘렀습니다. 러시아는 그들을 위해 전쟁을 벌였습니다. 감상적인 동시에 정치적인 전쟁 말입니다. 그 전쟁은 러시아로 하여금 콘스탄티노플을 향해 큰 걸음을 내딛게 해주었습니다.

최근에 일어난 이 역사적인 사건은, 사륜 합승마차가 포장이 되었다기보다는 자연 그대로에 가까운 광장에 이르렀을 때 머릿속에 떠올랐습니다. 그곳에서는 몇몇 불가리아 사람들이 러시아 장교들의 지휘를 받으며 훈련을 받고 있었습니다. 우리 바로 앞에는 오두막집들 한가운데 아직 완성되지 않은 궁전 건물이 서 있었습니다. 궁전은 통치자인 대공, 알렉산드르 폰 바텐베르크Alexandre von Battenberg의 미래의 거주지들 중 하나입니다. 그 왕족 젊은이는 노는 일에 아주 적극적이라고 합니다. 그의 후견인이자 대부인 러시아 황제가 그를 [불가리아의] 왕으로 즉위시켰음에도 말입니다. 그러나 자기보존본능과 더불어 직업적 의무감은 또한 그를 훌륭한 불가리아 사람으로 만들었다고 합니다. 독일 호헨촐레른 지크마링겐 출신의 카롤 1세가 훌륭한 루마니아 사람이 되었듯이 말입니다. 그는 자신을 무겁게 짓누른 후원자의 손에서 기꺼이 해방되었습니다. 러시아가 그에게 강요하였고 그의 백성들이 그와 마찬가지로 힘들게 참아낸 후원자의 손에서 말입니다. 아마도 그는 러시아의 보호에서 해방되는 데까지 이르려는 것 같습니다. 하지만 그는 쉽사리 이 문제에서 벗어나지 못할 것입니다. 왜냐하면 불가리아인들은 러시아의 황제를 해방자이자 교황·아버지로 보는 데 익숙해져 있기 때문입니다.

이 나라에도 분명히 루세와 아주 다르게 지어지고 다른 식으로 사람들이 사는 도시들이 있을 것입니다. 하지만 그것들을 직접 본다 하더라도 말하지 못할 것입니다. 왜냐하면 바르나에서 루세에 이르는 길을 건설한 대자본가가 그 도시들을 슬쩍 피해 갔기 때문입니다. 불쌍한 압둘-아지즈Abdülaziz. 오스만 제국의 32대 술탄가 킬로미터당 25만 프랑을 대가로 투르크의 도로망을 만들도록 지시했을 때, 계약서 가운데 특히 잊어버린 말이 있습니다. 그것은 그 길들이 이 나라의 도시들을 지나야 한다는 것과, 길을 닦는 데만 전념해야 할 공사허가권자는 법무회사의 서기가 목록을 작성하듯이 지형의 단면도를 조심스럽게 따라가며 예술적인 건축물을 피하고, 슘라Choumla, 불가리아 북동부의 도시로 오스만-투르크 점령기에는 '슈멘'Sumen이라고 함에서 25킬로미터 떨어진 곳을 고개도 돌리지 않고 지나야 한다는 조건입니다. 불가리아 사람들은 그 길을 있는 그대로 물려받았습니다. 나는 그들이 곧장 그 길을 개선할 생각을 할지 의심스럽습니다. 이 불쌍한 백성들은 아무 돈도 없습니다. 전쟁 때 루세 주변에 임시로 만들어 놓은 방어진지를 측량하기 위한 돈조차 말입니다. 유럽에서 가장 푸 대접을 받는 바르나 항구를 개선할 돈도 말입니다.

우리가 급행열차로 일곱 시간을 돌아다닌 길은, 황폐해지고 보잘것없는 잡목림이 된 숲과 우연히 즐거운 일이 일어나듯이 이따금 경작지가 나타나는 대초원으로 이어질 뿐입니다. 때때 로 진흙으로 세우고 초가지붕을 씌운 오두막 몇 채가 마을 시늉 을 했습니다. 이따금 물소와 소떼가 주인 없이 숲과 벌판을 가로 질러 돌아다니다 울타리 하나 없는 길 위에 자리를 잡았습니다. 우리 기차는 기적 소리를 내서 짐승들을 깨우는 데다 동물들에 대비해서 격자로 된 장애물 제거기를 갖추고 있습니다. 상당히 견고하고 서로 단단히 얽혀 있는 쇠막대로 된 이 장비가 소를 쓸 어 버립니다.

불가리아와 동방의 다른 여러 나라들의 불행은 수세기라는 오랜 시간 동안 사람의 노동력으로 얻어진 일체의 성과물을 생 산하는 족족 빼앗기고 그것이 외국에서 소비된다는 데 있습니 다. 여러분은 마르쿠스 아우렐리우스 치하의 원로원 앞에서 로 마에 항의하러 온 도나우 출신 농부의 하소연을 기억하십니까?

로마에서 우리에게 온 사람들에게는 부족한 것이 아무것도 없습 니다. 땅과 인간의 노동은 헛된 노력으로 그들의 배를 채우기 위해 있습니다. 그들을 떠나게 하십시오. 더 이상 그들을 위해 당신들의 밭을 경작하고 싶지 않습니다.

이곳 사람들은 더 이상 그런 일을 원하지 않았고, 그들의 말에는 일리가 있습니다. 하지만 이들은 계속해서 로마인들을 위해, 다음에는 그리스인들, 그 다음에는 투르크인들을 위해 일했습니다.

이는 항상 어제의 역사이면서도 항상 오늘의 역사인 것입니다. 우리는 역을 지날 때마다 지역 주민들이 키질을 하고 체로 걸러 큰 더미로 쌓아 올린 상당량의 밀을 보았습니다. 이 밀은 어디로 가는 것일까요? 특히 생산자는 그 대가로 무엇을 받게 될까요? 불가리아가 독립한 공국이거나 거의 그렇게 되기 직전인 지금, 이 나라에는 무언가가 남아 있을까요?

이 나라에서 소유권 제도는 여전히 아주 원시적입니다. 몇몇 아주 드문 경우를 제외하고는 땅은 국가나 지방 정부에 속해 있어서 농민들은 자신이 원하고 경작할 수 있는 만큼의 땅을 소작합니다. 불가리아 사람은 밭을 갈고 씨를 뿌린 후 수확을 하여 총 산출액의 10분의 1을 지불합니다. 이 같은 조건이라면 내가 보기에 생활도 가능하고 시간이 지나면 무언가를 모으기까지 할 수 있을 것 같습니다. 하지만 자본이 부족합니다. 외국의 식민지 개척자들은 자신들의 돈과 작업 도구, 경작 기술 등을 틀림

없이 가져가 버릴 것입니다. 그들이 정말 환영받는 존재인지 알아야 합니다. 내가 보기에 확실히 아닙니다.

더구나 농촌의 안전은 거의 형편없을 정도입니다. 보름 사이에 두 개의 역이 약탈을 당했습니다. 역장은 머리와 팔에 심각한 부상을 입었고 거두어들인 돈을 빼앗겼으며, 몇몇 개인들이 철도에 세운 화물보관소가 털렸습니다. 강탈 시즌은, 나뭇잎이 떨어지고 잡목림은 헐벗게 되어 피난처가 백일지하에 훤히 드러나게 되면 끝이 날 것이라고 합니다. 강도들의 전략은 마지막 기차가 지나간 다음에 역으로 쳐들어가는 것입니다. 기차는 하루에 두 번 지나갑니다. 베토바<sup>부다페스트 인근 남부의 도시</sup>에서 마지막으로 일을 저지른 자들은 투르크식으로 옷을 입었는데 분명한 증거는 없습니다. 그리스 국경의 화물 도둑들도 언제 어느 때나 같은 변장을 했습니다.

나는, 이 노선의 개발위원회 사무총장으로 있는 비에네르 씨에게 부상자들과 도난 피해자들이 정당한 보상을 받을 기회가 있는지 물어보았습니다. 그는 차마 긍정적인 대답을 하지 못했습니다. 아주 최근에, 철로에서 레일 열다섯 개가 도난당한 일이 있었습니다. 장물은 바르나의 집을 짓는 데 쓰였다고 합니다. 도둑들, 최소한 장물아비들이 현장에서 붙잡혔습니다. 하지만 이 나라의 사법 당국은 이들을 그대로 내버려 두었습니다. 애국심이 문제였습니다. 불가리아 사람들은 불가리아에서는 유죄선고를 받지 않습니다. 그렇지만 그들은 어떤 관점에서 보면 한 기업에 빚을 진 것입니다. 그 기업의 국제담당 직원이 그들에게 장관과 재판소장, 오리엔트 철도의 마구 제조인이었던 판사 등을 불러다 준 셈이 되었으니까요. 루세에서 바르나까지 우리와 함께했던 감독관은 선진국에서 온 프랑스 사람으로 외진 나라에 떨어진 사람입니다. 어떤 운명의 장난인지 모르겠습니다만, '드 지조르'라는 이름을 지닌 사람이 알렉산드르 대공의 각료회의에서 확실히 좋은 평판을 얻고 있을 것입니다. 하지만 그는 자기 애인을 더 좋아할 것입니다! 참고로 불가리아의 장관들은 1년에 만 5천 프랑을 지급받습니다.

터키어로 '작은 악마'란 뜻의 세이탄지크 역에서 점심을 먹었습니다. '큰 악마'<sup>'힘 좋은 장사'라는 뜻을 가지는 터키어의 직역이다</sup>라도 자르기 어려울 듯싶은 자고새 새끼 요리가 나왔습니다. 신통치 않은 지방산 포도주로 맛을 낸 요리였습니다. 하지만 한 시 십오 분이었고 우리는 배가 고파 죽을 지경이었으므로 구운 기러기와 투르크식의 케이크, 코 끝 가득 장미향이 나는 시럽에 담근 시어 빠진 복숭아 조림 등을 게걸스럽게 먹었습니다. 얼마나 형편없었는지 아시겠습니까? 생각해 보십시오. 참! 아니었다고 봅니다!

철길은 거침없이 두세 군데의 투르크 묘지를 가로질러 갑니다. 묘지의 비석은 쓰러지고 닳아 빠졌으며 깨져 있어서 우리 눈에도 아주 오래전에 버려진 것으로 보였습니다. 묘지에 많이 심는 사이프러스 나무 하나 남아 있지 않으니 말입니다. 단 한 그루의 나무도 말입니다. 회교도들은 공동묘지에 그늘을 지게 하기 위해 사이프러스를 심는 풍습이 있습니다. 이 음산하기까지 한 황폐함에, 자연스럽게 살아 있는 사람들을 생각했습니다. 불가리아에 있던 투르크 사람들은 어떻게 되었을까요? 회교도들은 문화·법률·풍속·가족 구조 등 모든 것들로 인해 예외적인 민족으로 보입니다. 기독교도들의 한가운데에서 주인으로 살지 않고서는 거의 함께 살 수 없는 사람들 말입니다. 53년간의 프랑스령 알제리의 역사는 그와 같은 주장을 반박하고 있는 듯이 보이지만 말입니다.

어쨌든 우리의 정치와 관용은 받아들일 만할 뿐 아니라 아랍인들에게 유리하게 상당히 괜찮은 '삶의 방식'을 만들어 냈습니다. 그렇지 않다면 자존심 강하고 용감하며, 그들 나라에서 우리보다 두 배나 많은 이 민족은 마지막 한 명에 이르기까지 자살했거나 우리를 몰살시켰을 것입니다. 투르크인들이, 밤샘 기도에서 자유로운 비회교도들 가운데 소수로 있는 나라들의 사정은 아주 다릅니다. 그들은 해묵은 원한으로 격앙되어 있고 무지하며 대부분 광신도입니다. 투르크 제국이 연이어 스스로에게 강요한 희생으로 그리스와 세르비아, 루마니아, 불가리아 등에 있는 투르크 사람들은 견디기 어려운 상황에 놓였으며, 그들 모두 조만간 망명하는 수밖에 없을 것입니다. 불행하고 순진한 사람들은 이렇듯 그들 조상의 폭력에 고통스러운 대가를 치르고 있습니다. 우리들, 동부 유럽의 프랑스인들은 정복에 대한 혐오로 가슴이 쓰립니다. 그런 우리가 어떻게 그들의 불행에 무관심한 채 있을 수 있습니까? 우리의 정의와 우리의 인간성은, 우리 눈 앞에서 막 시작된 유럽의 붕괴로 매일 낯선 시험을 당하고 있습니다. 한편에서는 투르크가 지배했던 지역의 붕괴와 황폐가 우리로 하여금, 모든 것을 황폐화시키고 고갈시킨 제도에 대해 증오하도록 만듭니다. 다른 한편에서는 불의에 의해 불의를 회복하고 타인에 의해 야만이 추방되는 것에 박수를 치는 일이 정말 쉽지 않습니다.

우리는 슘라에서 5~6리유 떨어져 있는 슘라 역을 지났습니다. 길을 건설한 사람들은 이 길을 '슘라 로드'로 이름 붙였습니다. 이 역을 지나자 담을 친 정원만 한 크기의, 푸른 배추가 심어진 작은 오아시스가 우리 눈에 들어와 땅과 경작지가 이렇듯 아름답게 변할 수 있음을 보여 주었습니다.

그리 오래가지 않아서 우리는 방치된 들판과 나무 하나 없이 엄청나게 크기만 한 언덕을 오래도록 보게 될 것입니다. 어쨌든 낮 동안에 본 모든 것이 사라진 다음에는 골짜기를 힘 없이 굽이치는 흙탕물 줄기를 발견한 즐거움이 있었습니다. 물은 곧 넘치도록 불어났습니다. 우리는 드넓게 펼쳐진 갈대밭을 지나 엄청나게 큰 연못을 따라가게 될 것입니다. 연못들 중 하나는 기차 오른편으로 17킬로미터나 이어졌습니다. 그렇게 해서 우리는 바르나의 초라하고 누추한 부두에 다다랐습니다. 그 건물을 보자마자 감탄하고 싶은 마음이 싹 가셨습니다. 우리에게 중요한 것은 매일 운행하지도 않는 배를 타는 일이었습니다. 지조르 씨는 가는 도중에 흑해가 심술을 부릴 것이라고 알려주었습니다. 마지막으로 들은 소식으로는 흑해가 웬만하다는 것이었습니다. 우리는 더 거친 흑해와 만날 수도 있을 것입니다.

바르나의 형편없는 기항지를 정말 편리한 항구로 바꾸어 놓는 데는 수백만 프랑이면 충분할 것입니다. 하지만 그 수백만 프랑이라는 것이 가난한 불가리아 사람에게는 없습니다. 그런데 그들에게 언젠가 그 돈이 생길지 누가 압니까? 정부의 모든 노력은 형편없는 부두를 만드는 데 그쳤습니다. 파도가 끊임없이 치는 암초에 보트를 정박시킬 정도의 부두 말입니다. 정부는 이같은 큰 희생을 보상받기 위해 이곳에 정박하는 모든 수화물에 그 가격에 따라 50퍼센트의 세금을 부과했습니다. 그런 이유 때문에 상선들은 할 수만 있다면 반드시 루마니아의 항구로 찾아갔습니다. 콘스탄차 항이나 갈라츠 항 혹은 브러일라 항 어디라도 말입니다. 우리의 상황에 대해 말하자면, 우리는 나겔마케르 씨가 호주머니에 지니고 있는 부적 덕분에, 프랑스 북동부 아브리쿠르 역에서의 단 한 번을 제외하고는 세관에 걸린 적이 없습니다. 그때는 호감 가는 고위 직원 한 사람이 그토록 우리에게 인사를 하고 싶어 하기에 나는 면세특권을 남용하여 터키 담배 스무 개비를 불법으로 들여왔습니다.

그리스 사람들이 힘차게 운전하는 대여섯 척의 작은 배들이 우리와 짐들을 싣고 높은 파도가 치는 바다에서 로이드 회사의 배인 '에스페로 호'까지 데려다 주었습니다. 그 배에는 우리를 위한 최고급 방들이 잡혀 있었습니다. 나는 오리엔트 철도의 수석 엔지니어인 르그레이 씨와 한방을 쓰는 즐거움을 맞이했습니다. 얼마나 잘된 일인지요. 그는 좋은 동료이고 배멀미에도 잘 견딥니다. 흑해에서 곧 승선하기 전의 엄숙한 시간에 행복을 느끼는 한 사람이 있었습니다. 그는 닥터 아르제 드 리에주로 국제 침대차회사협회 및 파리 벨기에 공사관의 의사이며 적극적인 여행가입니다. 그는 아카데미 프랑세즈의 젊은 예술가들과 친교를 맺으러 자주 로마에 갔습니다. 1870년에는 여행을 하고 교외에서 휴가를 보내는 데 빠져 있다가도 우리 부상자들을 돌보기 위해 메스<sup>프랑스 동부 독일 접경 도시</sup>에 왔습니다. 떠나면서 그는 우리 모두를 차례로 치료해 주겠다고 약속했습니다. 그는 참으로 능력 있는 사람입니다. 열의만큼이나 지식이 있기 때문입니다. 대단히 빨리 서두르며 여행을 했고 무척이나 즐겁게 보냈기 때문에 우리들 중 누구도 아플 틈이 없었습니다. 신이시여, 감사합니다! 하지만, 아아! 이 모든 것은 바뀔 것입니다. 친애하는 의

사 선생, 이승에서 완벽한 행복은 전혀 없겠지요. 우리를 위협하는 고통은, 항상 의학으로 치료할 수 없는 사람들로부터 비롯됩니다.

우리는 날이 저물기 전의 어스름 속에서 그리 아름답지 않은 풍경과 새로운 숙소를 알아보았습니다. 해안은 우울하고 헐벗은 것 같았고 식물들은 초라해 보였습니다. 높은 언덕 위 두 곳의 요새는 항구와 마을을 지키고 있습니다. 육지를 떠나면서 들판을 돌아다니는 온갖 종류의 짐승들을 보았습니다. 소들, 물소들, 말들, 돼지들, 암양들은 바닷가의 동물 집결 장소로 사용되는 듯싶은 진흙으로 바른 울타리 안에 뒤섞여 서 있거나 누워 있었습니다. 우리 배는 여행객들과 특히 가난한 사람들, 여자들과 아이들을 데리고 불가리아를 떠나는 투르크 이민 농부들로 넘쳐났습니다. 뱃머리에서부터 갑판 위 선실 계단에 이르기까지 갑판은 쇠약해진 몸에 형형색색의 옷을 걸친 사람들과 체념한 우울 속에서도 자존심과 위엄을 잃지 않은 사람들로 혼잡했습니다. 화장실에서 두 아이에게 손잡이 달린 물병으로 깨끗한 물을 끼얹어 주는 어머니를 보았습니다. 그러고 나서 그녀는 아이들을 길에서 주워 온 좀이 슨 이불로 덮어 똑바로 눕혔습니다. 얼마 떨어지지 않은 곳에서 웅얼거리는 목소리가 네모난 큰 구멍 사이로 들려왔습니다. 구멍을 통해 3등 선실에서 수많은 여자들과 아이들이 서로 몸을 기댄 채 웅크리고 있는 모습이 보였습니다. 이렇게 사람들이 애처롭게 모여 있는 곳에서 공기가 통하지 않는 듯한 역한 냄새가 올라왔습니다. 이 불행하고 죄 없는 사람들은 이 구멍 속에서 열네 시간을 보낼 것입니다. 그들은 화물창에 있는 우리 짐들과 함께 있는 양떼보다도 더 고약한 곳에서 머물고 있습니다. 내일까지 어떻게 견딜까요? 회교도들의 수도에서 그들을 기다리고 있는 빵조각은 어떤 것일까요? 자, 이것이 오스만 투르크의 비회교도가 처해 있는 해방의 이면이고, 발칸 반도에서 기독교도들을 해방시킨 대사건의 결과입니다. 그런데 뱃전에서 들리는 종소리가 저녁식사 시간을 알렸습니다. 우리는 한데 뭉쳐 아주 낮은 곳에 있는 식당으로 달려갔습니다. 이곳은 당연히 석유로 불을 밝혔습니다. 이와 같은 조건에서라면 바다가 심하게 흔들지 않아도 예민한 위는 고생을 할 것입니다. 열기와 냄새만으로도 충분했습니다. 얼마 지나지 않아 우리는 뿔뿔이 흩어졌고 둘 중 하나는 식사를 버려두었습니다. 우리 동료들 중 몇몇 사람은 갑판 위에서 바람을 쐬고 기운을 차렸습니다만, 다른 많은 사람들은 선실 깊숙이 머리를 처박고 날이 밝을 때까지 나타나지 않을 것입니다. 그 시간 동안 우리 배는 순항하고 있었습니다. 로이드 회사의 대형 선박은 품격이나 안락함에 있어 지나침이 없이 잘 건조되었습니다. 아드리아 해 연안에서 가장 뛰어난 선원들이 이 배를 운항하고 있습니다. 나는 베르티에 씨와 줄담배를 피우며 자정까지 차를 마셨습니다. 그는 무척 재치 있는 달변가이자 세련된 파리지앵으로 언젠가 상사재판소의 재판장을 지낸 사람입니다. 잠시 뒤 나는 누워 있는 르그레이 씨를 넘어서서 잠자리에 들었습니다. 무척이나 깊이 잠이 든 탓에 내 룸메이트는 큰 소리로 나를 깨워야만 했습니다. "자, 이제 일어나시오! 보스포루스 해협에 도착했습니다."

# 보스포루스 해협

정말, 우리는 보스포루스 해협Istanbul Boğazı. 이스탄불 시를 가르는 해협 으로 유럽과 아시아를 나눈다 입구에 와 있었습니다. 투르크 정부는 용의주도하게 해질녘부터 해가 뜨기 전까지 상업 선박에 대한 접근 자체를 금지했습니다. 하지만 태양이 눈앞에서 떠올랐습니다. 검문과 검역 절차가 끝났습니다. 우리의 친절한 미사크 에펜디는 이미 트라키아Thracia 해안발칸 반도 남동쪽 지역으로 삼면이 바다로 둘러싸여 있다에 발을 디뎠습니다. 그곳에서는 그의 가족이, 집을 비운 지 4년이 되는 그를 4일째 기다리고 있었습니다. 우리는 통역관과 벨기에 공사관, 나겔마케르 사의 사무소 감독관인 베이유 씨 등을 태웠습니다. 베이유 씨는 젊은 프랑스인으로 1871년식 장교 복장을 하고 있었는데, 우리의 체류 준비와 관광 계획, 투르크 제국의 허가서 취득, 호텔 체류 등의 일을 호의적으로 맡았습니다. 그리고 그는 자신의 임무를 열의와 기지를 발휘해서 수행했습니다. 말하자면 우리 자신은 할 수 없고 되는 대로 내버려 둘 일을 말입니다. 우리는 손끝 하나 까딱하지 않고서도 볼거리와 즐거움을 동시에 맛볼 수 있었습니다.

우리는 이제 '에스페로 호'가 너무 빨리 달린다고 생각했습니다. 왜냐하면 반나절도 되지 않아 우리 눈앞에서 동시에 펼쳐지는 두 개의 전경을 자세히 볼 수 있었기 때문입니다. 거의 민물이라고 할 수 있는 깊고 빠른 그 해협 다르다넬스 해협은 마르마라 해 터키 서북부 유럽과 아시아 사이의 있는 내해에서 도나우 강과 돈 강, 드니스테르 강, 드네프르 강을 비롯한 흑해로 흘러가는 대여섯 개의 강줄기를 끌어당기며, 인류사에서도 큰 자리를 차지하고 있습니다.

이 해협은 주피터의 정부情夫인 아름다운 에우로페를 기원으로 두고 있습니다. 에우로페는 말을 타고, 아니 정확히 말하자면, 신들의 주인, 즉 황소의 엉덩이에 올라타고 이곳을 건넜습니다.* 에우로페로부터 레안드로스의 탑까지 헤엄을 친 시인 바이런 경의 허풍**에 이르기까지 얼마나 많은 모험이 있었습니까! 여기서 역사는 전설만큼이나 경이롭습니다. 기억하십니까? 페르시아 전쟁을 일으킨 다리우스 1세와 배를 타고 갑판 위에 서 있는 그의 아들 크세르크세스의 이동 경로를 말입니다. 그 위대한 광인이 채찍을 내리치던 바다를 기억하십니까? 그는 플라타너스 나무와 사랑에 빠져 이 나무에게 어떤 재력가가 오페라 극

---

* 에우로페는 해변에서 놀고 있었는데 아름다운 황소의 모습으로 둔갑한 제우스의 등에 실려 크레타 섬까지 갔다. 그녀의 이름에서 유럽이 유래했다.
** 레안드로스는 다르다넬스 해협을 사이에 두고 건너편 세스토스 마을에 사는 처녀 헤로를 만나기 위해 바다를 헤엄쳐 건넜다. 바이런은 두 연인의 만남을 증명하기 위해 헤엄을 쳐 해협을 건넜다.

장의 무회에게 약속한 것보다 더 많은 보석을 주었습니다.[*] 야만인들, 반야만인들, 문명인들, 이교도들, 기독교도들, 정교회 사람들, 교회분리주의자들, 회교도들이 2천 년 이상 세계의 지배권을 다투기 위해 폐쇄된 이 장소에서 만났습니다. 그런데 모든 일은 아직 끝나지 않았습니다. 적어도 한 세기 동안 유럽의 정치는 콘스탄티노플을 중심으로 돌고 있으니 말입니다.

십중팔구 이 도시의 인구가 백만 명에 달하지 않음에도 불구하고 도시는 흑해 입구에서부터 마르마라 해에 이르기까지 성 밖으로 펼쳐져 있습니다. 스쿠타리[Scutari, 보스포루스 해협을 사이에 두고 이스탄불 지구와 마주하고 있는 '위스키다르'의 옛 이름]와 베이코스에서 카디쾨이[Kadiöy, 아시아 쪽 이스탄불 지역의 도시]에 이르는 아시아 쪽의 교외 지역에 대해서까지는 말하지 않더라도 말입니다. 마력을 지닌 이 해안의 웅장함은 모두 정면에 있습니다. 궁전들, 별장들, 정자들이 우리 눈앞에 극장의 무대처럼 펼쳐져 있습니다. 무대 뒤편에는 오직 산들과 계곡들만이 있습니다. 큰 외관의 건물들은 투르크 이스탄불의 타라비아 거리에 있는 프랑스 대사관처럼 돌로 장식된 산장들뿐입니다. 나폴레옹 1세에게 아낌없이 인심을 쓴 술탄은 원 없이 돈을 썼던 것입니다. 하지만 해협의 습

---

[*] 원예 전문가이기도 했던 크세르크세스가 그리스로 가던 도중 플라타너스에 반해 행군을 멈춘 일을 말한다.

기 찬 바람은 겨울이면 살을 에는 듯이 매서워서 아무리 견고한 성벽이라도 무너트릴 것입니다. 차라리 나무로 된 칸막이 벽이 더 잘 견딜 것이지만 색칠한 나무는 시간이 지남에 따라 풍화됩니다. 우리는 주인이 불행한 일을 겪었는지 혹은 다른 곳을 거처로 정할 생각이 들었는지 수리할 생각이 없이 폐허가 된 것으로 보이는 많은 거주지를 보았습니다. 유럽 쪽에 거처를 정한 투르크인들에 대해 이따금 말하는 진부한 표현이 이곳에서 사실로 증명되는 것 같습니다. 아르메니아인, 그리스인, 프랑스인, 특히 투르크인들은 그들이 동방의 무어인이었을 때 이곳에서 즐거움이나 허영심을 위해 셀 수 없이 많은 돈을 썼습니다. 메흐메드 알리Mehemet Ali, 독일에서 태어난 터키의 군인. 크림 전쟁 때 러시아에 맞서 싸움가 아시아 쪽 강변에 세워 술탄에게 바친 정자 하나만 해도 6백만 프랑의 가치가 있습니다만, 오래 전에 버려져 폐허가 되어 버렸습니다. 이스마일 파샤 총독은 이곳에 왕궁을 짓게 했습니다. 궁궐은 오직 『천일야화』나 '공원과 녹지시설' 담당 기술자 알팡 씨가 파리에 만든 공원에서나 볼 수 있는 정원으로 둘러싸여 있습니다. 은퇴한 술탄 무라드는 콘스탄티노플의 츠라안에 있는 드넓은 궁전에 은둔했습니다. 압둘-하미드를 다스린 황제는 돌마바흐체 궁전Dolmabahçe Saray의 황금빛 거대한 창살과 대리석으로 된 건물 뒤편에 만 명의 사람들을 편안하게 거주시키려고 했을 것입니다. 자, 그런데 여러분에게 이 말씀을 드려야 할까요? 내가 유럽 쪽 강변에서 가장 아름답게 본 것은 메흐메드 2세가 세우게 한 루멜리 히사리Rumeli Hisari 요새*입니다.

콘스탄티노플에서 프랑스어를 배웠고 그래서 프랑스 말을 유창하게 하는 젊은 아르메니아 행인이 뷰유크데레에서부터 톱하네 지역에 이르는 보스포루스 해협에서 우리를 맞이해 주었습니다. 프랑스 운수회사의 대형 여객선인 '프로방스 호' 덕분에 지나가는 길에 해협의 깊이를 측정할 수 있었습니다. 그 배는 해협에서 수직으로 가라앉더니 물 밖으로 주 돛의 바로 끝부분을 내밀었습니다. '에스페로 호'가 멈추었고 소형 보트가 우리에게 다가왔습니다. 통역자들도 우리에게 몰려왔습니다. 우리는 내려가기만 하면 됐지만 서두르지 않았습니다. 왜냐하면 이 도시에서 가장 아름다운 풍경이 있기 때문입니다. 나는 그것을 경험상 알 수 있었습니다. 언뜻 보니 그것은 바로 언덕의 측면과 들쑥날쑥한 둥근 지붕, 하늘 위로 솟은 첨탑들, 다양하고 따뜻한 느낌의 색채를 띤 크고 작은 건물들, 보스포루스 해협과 할리치 항구에서 오고가는 배들과 투르크식의 작은 범선들, 여러 종류의 사람들과 온갖 의상들이었습니다. 첫 인상에 만족하여 얼마간 정말로 넋이 나가 있다가 아무 말 없이 부랴부랴 자기 집으로

* 1452년 당시 보스포루스 해협을 관할하던 비잔틴의 함대가 북쪽 동맹국과 교통하는 것을 막기 위해, 오스만의 메흐메드 2세가 해협의 폭이 가장 좁은 700미터 병목 구간에 건설했다.

돌아올 정도로 충분히 만족하였거나 충분히 용감한 여행자라면 사리판단을 분명하게 할 것입니다. 하지만 친절하게 우리를 도왔던 로이드 회사의 '무슈 호'는 이미 짐을 가득 싣고 떠날 채비를 하였습니다. 지나치게 아름다운 꿈에서 깹시다. 환상을 버립시다.

우리에게 온갖 호의를 베푸는 데 도움이 되었을 올랭 씨의 공직자 신분 덕분에, 우리는 황실의 대포 제철소인 톱하네 지역의 철책에 하선했습니다. 장식용 금줄을 늘어뜨린 마차꾼이 모는 8~10대의 전세 사륜마차가 통역자들과 함께 자리에서 우리를 기다리고 있었습니다. 우리 짐들은 '하멀'이라는 터키 짐꾼들이 등에 지고 나를 것입니다. 그들은 세상에서 가장 정직한 사람들입니다. 우리는 들쑥날쑥한 포석과 갈라타 지역의 질척거리는 진흙 위를 말을 타고 달렸습니다. 우리가 달려온 거리에는 정육점, 카페, '바칼'이라 불리는 싸구려 식당, 식료품 가게 등이 있었는데, 그 냄새만으로도 작가 에밀 졸라 씨에게 수많은 이야깃거리가 만들어질 것입니다. 그 밖에도 황금빛 포도, 붉은 피망, 주홍빛 토마토, 검붉은 대추, 주교복의 자수정빛을 띤 가지 등이 널린 채로 빛이 나는 훌륭한 과일 가게가 있었습니다. 거리의 고함 소리에 삼십 년은 젊어진 느낌이 들었습니다. 붉은색 순무를 파는 그리스 청년이 알아들을 수 없는 말을 외치고, 요구르트, 즉 응고된 우유 행상을 하는 젊은 투르크 청년이 목청껏 소리를 치는 것을 들으니 말입니다. 우리는 멋진 투르크 사람 네 명과 만나는 바람에 잠시 멈추어 섰습니다. 그들은 나무로 된 아치 모양의 물건에 매달려 있는 술통을 들고 있었는데, 하이델베르크의 큰 술통만큼이나 거대하고 무거웠습니다. 거지들이 기회를 틈타 우리에게 달려들었습니다. 저런 녀석들은 늘 저 모양입니다! 나는 그들 중 한 사람을 알아보았다고 생각했습니다. 하지만 그 사람이 나이 서른 살에 이렇게 늙지 않았다면 기적일 것입니다. 거리에서 항상 몰려다니는 개들은 무척 더럽고 진흙투성이에다가 옴이라도 걸린 듯 짖어 댔습니다. 하지만 새롭고 알려지지 않으면서 공개되지 않은 것이 있습니다. 무엇인지 아시겠습니까? 여러분이 '전차'라는 것을 알아맞힐 리 없습니다. 전차 말입니다. 여러분이 확실히 본 적이 없는 전차입니다. 즉 미터당 7센티미터 올라가는 경사로 위에 놓인 레일, 과거에 오베르뉴 산악 지역에서 역마차나 몇몇 교외에서 이륜 승합마차로 쓰였을 법한 낡은 열차, 속보로 산을 내려가는 두 마리의 말, 차에 치일지도 모르는 행인들을 밀쳐 내기 위해 열차보다 더 빨리 앞서가야 해서 있는 힘껏 뛰어가는 '사이스'라 불리는 사람 등을 보았습니다. 나는 노선들이 모두 현기증이 날 정도로 높지는 않다거나 때때로 거의 새것이나 다름없는 장비가 굴러다니는 것을 볼 수 있다고도 말하고 싶습니다. 사륜 합승마차는 충분히 차가 다닐 수 있는 길이 없어서 아직 드물며, 대중들이 탈 수 있는 말들이 옛날처럼 네거리에 매여 있고, 주인과 함께 있는 동물들이 속보로 가는 말 탄 사람을 걸어서 따라가거나 이따금 앞지르는 광경을 볼 수 있습니다. 이 도시에는 짐수레가 거의 없거나 전혀 없다고 말할 수 있습니다. 하지만 수많은 당나귀 무리들과 짐을 끄는 말들, 심지어는 낙타가 벽돌과 돌·널빤지·건축용 철물 등을 지어 나르는 모습을 볼 수 있습니다. 왜냐하면 이스탄불의 페라 거리에서 상당히 아름다우나 무너져 내리고 있는 목재 가건 축물과 되는 대로 내버려 둔 폐허 한가운데 수많은 새 집들이 지어지고 있기 때문입니다. 가장 오래되고 가장 많이 스러진 과거의 몇몇 허름한 가옥들은 투르크 주거지의 신비스러운 측면을 나타내고 있습니다. 하지만 그것은 아주 드문 예외입니다. 스탐불*에 있는 기독교 집들과 마찬가지로 말입니다. 말하자면 도시의 주민들은 종교와 민족에 따라 '선택적 친화력'에 의해 점차서로 밀접해지는 경향이 있습니다.

그랑 호텔이라고도 불리는 뤽상부르 호텔은 우리 일행이 거의 모두 묵게 될 곳입니다. 페라 대로의 좋은 입지에 공기 맑은 곳에 세워진 호텔은 거의 새것에 아주 깨끗한 넓은 집이라고 할수 있는데, 세를 잘 받아내려는 투기자들이 경제적으로 지었습

---

* Stamboul. 비잔티움 시대의 옛 이스탄불 구역을 이르는 말로, 금각만 남쪽에 있다. 종종 이스탄불 전체를 이르는 말로도 쓰인다.

니다. 호텔 경영자인 플라망 블롱 씨는 활달하고 지적인 프랑스 사람인데 동양에서 인생을 보냈습니다. 그는 여러 번 돈을 벌었다가 잃어버렸으나 일곱 자녀의 가정을 훌륭하게 꾸렸습니다. 아아! '프랑스인 여인숙 주인'이란 사라져 가는 추세에 있다고 볼 수 있습니다. 이것은 프랑스에서도 마찬가지여서, 흰 넥타이에 더러운 손으로, 무례하고 탐욕스러운 데다 찻잔 속 우유는 상하게 하고 병 속의 포도주를 시어 빠지게 만들, 일종의 독일 수완가에게 대체될 것입니다. 내가 여행을 좋아하던 젊은 시절에 나를 재워 주었던 친절한 사람들이 있었습니다. 하지만 그들은 이전보다 안락하지 못한 거처에 우리를 머물게 했고 우리에게 제공한 식사 역시 단연코 훨씬 훌륭한 것은 아닐 것이며 지금 보기에 값이 나가는 것을 우리에게 거저 주지 않았습니다. 하지만 그들의 얼굴은 도착하자마자 우리에게 친절을 베풀었습니다. "편히 지내세요"라는 환영의 말을 할 줄 알았습니다. 그들은 십 년이 지나서도 어떤 손님을 알아보았고 가족의 안부를 물었습니다. 그들은 여러분을 처음 보더라도, 미처 알아보지 못한 것에 사과를 하고 곧 여러분을 완전히 알기 위해 충분히 질문을 할 터입니다. 요컨대 우리는 그들 마음속에서 친구보다는 못하지만 뜨내기 그 이상이며, 편한 상대였습니다. 그들이 여러분에게 친절을 베푼 것에 감사한다고 체면이 손상되는 것은 아닙니다. 자 바로 이것이 코트레<sup>프랑스와 스페인 접경 피레네 산맥의 휴양 도시</sup>, 니스,

트루빌에서는 이제 거의 일어나지 않는 일입니다. 이것이 또한 우리가 다소 놀라며 무척이나 즐겁게 페라의 그랑 호텔의 친절한 사람들에게서 발견한 것입니다. 그들은 건물 2층의 두 곳에 우리를 안락하게 묵게 하기 위해 최선을 다했습니다. 우리에 앞서 도착한 여행객들 역시 정말 보기 드문 친절로 그들을 도왔습니다. 예를 들어 나는 젊은 왕자 그레그와르 수초Grégoine Şuţu, 미하일 수초의 아들가 친절하게도 내게 방을 양보한 사실을 알았습니다. 전임 외무부 장관의 아들이자 아테네 출생으로 루마니아 사람으로 귀화한 그는 파리 문과대학에서 학위를 받았습니다. 콘스탄티노플의 물이 덜 더러웠더라면 즐겁게 느껴졌을 한 시간 동안의 목욕 후에, 침대차에 있던 쾌활한 얼굴의 무리들 모두가 그럭저럭한 점심식사를 위해 손님상에 모여들었습니다. 그리고 잠시도 지체하지 않고, 온순하고 규정을 잘 지키는 쿡 여행사의 영국인 손님들처럼, 우리들은 베이유 씨가 작성해 놓은 일과표를 철저히 연구하기 시작했습니다.

우리의 가이드는 술탄의 각료인 아메드 장군입니다. 그는 사람들이 믿고 있듯이 파리에 있는 참모학교에서 학업을 마친 것이 아니라 제롬의 화실에서 그림을 그렸습니다. 그는 화가 쿠르베가 그에게 자신의 풍경화들 중 하나를 부탁하고 살롱의 심사위원이 우수상을 수여할 정도로 상당히 훌륭한 화가였습니다. 전문가는 프랑스에서나 동방의 나라에서도 자기 마음대로 가혹하게 통치하는 법이 없습니다. 푸아드 파샤, 즉 위대한 파샤는 국가의 2인자가 되기 전에 군의관이었습니다. 나는 부쿠레슈티에서 오베데나르 씨라는 상당히 지적인 청년을 다시 만났습니다. 나는 그가 의대생일 때부터 알았습니다. 내가 우리가 만난 이후의 소식을 물어보자 그 훌륭한 의사는 로마 공사관에서 일등 서기관으로 있었다고 대답했습니다. 아메드 장군은 술탄의 시종을 시켜 벨기에 왕의 장관이 화려한 차에 오르도록 했습니다. 우리를 호텔로 태워다 준 사륜 포장마차를 다시 발견하고 무리를 지어 돌마바흐체 궁전을 향해 출발하였습니다. 오늘날 동방의 호화로움을 특징짓는 것은 전적으로 파리, 오뷔송<sup>프랑스 남부 리모주 인근의 도시</sup>, 생 고뱅<sup>프랑스 북부 프카르디 지방의 도시</sup>, 바카라<sup>프랑스 북동부의 도시</sup> 등에 있는 프랑스의 공장들에서 만들어졌습니다. 우리들이 파리의 드루오 경매소에서 페르시아, 인도, 터키 등의 양탄자를 두고 다툼을 벌이는 동안 이곳에서는 오직 프랑스 양탄자만을 높이 평가합니다. 교외의 생 앙투안에서 제작된 가구들은 한결같이 리옹 지방의 견직물로 장식됩니다. 할 수 있는 한 아낌없이 돈을 들인 내부는 비길 데 없이 화려합니다. 하지만 가장 보잘것없고 독창적이고 민족적이며 낡은 것이 우리에게는 훨씬 더 필요할 것입니다. 30제곱미터에 달하는 거울, 250개의 초를 꽂을 수 있는 커다란 크리스털 촛대, 공작석을 둘렀거나 파라디 푸아소니에르 거리에서 가장 우아한 도자기로 아름답게 꾸민 벽난로 등은 우리에게 회교사원의 전등이나 아름다운 마졸리카 도기의 타일 한 조각만큼의 가치도 없습니다. 이 거대하고 화려한 궁전에서 내 흥미를 끈 몇 가지 예를 들자면, 동양의 백색 대리석으로 만든 욕실들과 현대적 그림을 소장한 작은 화랑이 있습니다. 그 화랑에서는 프랑스 화가 장 뢱 제롬의 「하렘」(그렇게 부르는 게 맞는지 모르겠지만?)과 프로망탱, 베르세르, 파시니 등의 걸작 몇 점을 볼 수 있는 행복한 기회가 있습니다. 그에 반해 작은 줄무늬의 아주 단순한 카펫이 놓인 축연장은 쿠르밤 바이람 축제의 리셉션을 위한 것이었는데 건축의 대범함과 윤곽의 고상함만으로 나를 감탄하게 했습니다. 하나의 건축 작품이 위대하게 인식되었을 때, 세부적인 오류는 전체의 아름다움에 묻혀 버립니다. 그 증거로 로마의 성 베드로 성당을 들 수 있는데, 이곳의 세부는 매우 불완전합니다.

돌마바흐체 궁에서는 '세람르크'*, 즉 중심 건물만을 보았습니다. 이에 못지않게 큰, 또 다른 궁전은, 아마도 더 클지도 모르는데, 같은 성벽에 둘러싸여 있고 술탄의 규방이 차지하고 있는 것입니다. 이 궁전은 완전한 하나의 세계로서 사람들이 말하듯이 세심하게 폐쇄된 세상입니다. 하지만 우리는 실례를 저지르

---

* 돌마바흐체 궁 내부는 남성이 출입하는 세람르크와 여성만이 드나드는 하렘으로 나뉘어 있다.

지 않고 회교도 왕실의 가정사에 얽힌 즐거움과 화려함을 엿볼 수 있었습니다. 왜냐하면 돌마바흐체에서 나올 때 아메드 파사가 우리를 베일레르베이Beylerbey 궁전으로 이끌었기 때문입니다. 창살이 촘촘하게 쳐진 그곳의 문들은 압둘-아지즈가 그곳에서 혼자 살지는 않았다는 것을 알려 주었습니다. 흰 옷을 입은 사람들이 술탄의 작은 기선과 황제의 끝이 뾰족한 투르크식 배 네 척에다 우리를 태우고 노를 저어 아시아 쪽 강으로 데리고 가더니 그 아름다운 궁전의 이미 상당히 부서져 있는 계단에 내려 놓았습니다. 바로 그곳에서 외젠 황후나폴레옹 3세의 황후는 그녀의 영광과 행복을 누린 마지막 해인 1869년에 환대를 받았습니다. 유럽에서 가장 우아한 귀인이 그런 보금자리를 차지해 머물면서, 그녀의 유쾌한 기분이 넘쳐나는 작은 궁전은 보스포루스 해협에서는 보기 힘든 축제의 장소가 되었습니다. 상상해 보십시오. 놀라움과 호기심, 감탄의 소리, 하렘이라 불리는 일종의 부부 수도원에 들어온 세련된 파리 여인들에게서 터져 나온 웃음소리를 말입니다. 어둑어둑한 하늘 아래서 우리는 매우 만족한 채로 그곳을 나왔습니다. 세차게 비가 내리는 가운데 정원을 보러 가야 했기 때문에 베일레르베이의 정자가 더 매력적이었을 것입니다.

시인들과 정원사들에 대해 몇 마디만 하겠습니다. 진정성보다는 재치가 넘치는 묘사로 이 나라의 기후와 식물에 대해 다른

이들을 속여 넘긴 사람들이 있습니다. 지리학에서 콘스탄티노플이 나폴리와 같은 위도에 있다고 가르친다 해서 다른 것도 같다고 생각해선 안 됩니다. 아아! 콘스탄티노플은 나폴리와 같은 기후가 아닙니다. 그렇지가 못합니다! 이곳에서 하늘은 가난한 사람들에게 아주 혹독합니다. 바람이 강하게 불고 눈이 많이 오며 매섭게 춥습니다. 그래서 이곳의 자연환경은 파리와 아주 비슷합니다. 그리스에서는 많은 오렌지나무와 대추야자열매까지 맺을 만큼 상당히 큰 종려나무가 자랍니다. 여기서는 올리브나무조차 보이지 않습니다. 그래서 왕궁 주변의 관상용 정원에는 프랑스의 작은 공원에 있는 것과 같은 꽃 덤불과 화단이 있습니다. 아시아 쪽 이스탄불에서의 유람을 멋지게 끝내기 위해 테라스를 두세 계단 올랐습니다. 우리는 철창 뒤에 있는 상당히 멋지고 잘 자랐지만 불행한 호랑이 한 쌍을 찾아 귀찮게 할 요량입니다. 그 호랑이들은 압둘-아지즈의 동물원에서 살아남은 마지막 동물입니다.

유럽 쪽으로 다시 배를 타고 건너와 낡은 후궁<sup>하렘</sup>의 끝자락에 내렸습니다. 그곳에는 이스탄불에서 가장 흥미로울 수 있는 것, 가장 아름다운 것, 가장 미묘한 것, 정숙함 등 일체의 것이 있습니다. 정복으로 얻은 거의 모든 기념물들과 마찬가지로, 낡은 후궁(혹은 궁전)이 불에 타더라도 말입니다. 우리를 감동시키겠다는 목적으로만 가득찬 아메드 파사는, 우리를 술탄의 보물이 있는 곳으로 안내했습니다. 그곳에 들어갈 수 있는 유일한 열쇠는 여행을 원하는 작은 관심 한 조각이면 됩니다. 그 열쇠는 자물쇠 속에서 아직 돌아가지 않았습니다. 자물쇠를 열기 위해 『타임』지의 대표가 유쾌한 얼굴로 영국인들이 이집트에서 했던 것과 같은 행동을 제안했습니다.

"신사 여러분, 우리는 30명이고 가이드들은 네 명밖에 안 됩니다. 그들을 죽여 버립시다. 모두 나섭시다."

그가 그런 말을 하자 30~40명의 젊은 투르크인들이 밖으로 나오더니 진열창 앞에서 대열을 갖추었습니다. 분명히 자신들을 방어하려 한다기보다는 오히려 우리에게 존경심을 표하기 위한 행동이었습니다. 이 보물은 박물관만큼이나 특별하고 값진 것이었습니다. 나는 박물관에 보관된 귀금속과 보석을 그리 중요하게 여기지 않습니다. 보석 장식을 박아 넣은 황금 왕관과 작은 진주를 박아 놓은 쿠션, 다이아몬드, 사파이어, 에메랄드, 루비 등도 예외 없이 말입니다. 이 모든 것들은 수백만 프랑 이상의 값어치가 있습니다. 나도 그러한 사실은 인정합니다. 그런데 무기와 갑옷, 자수 등 마호메트 2세 이후 모든 술탄들의 화려한 의상 컬렉션을 생각해 보십시오. 또한 그들의 단검과 황제의 깃털 장식 모자에 이르기까지 말입니다. 이렇게 모아 둔 아름다운 것들을 앞에 두고 그것들을 소중하게 간직한 전제군주들에게 감사하는 마음이 듭니다. 이따금 아주 긴급하게 불가피한 일이 생겼어도 말입니다. 압둘-아지즈는 이따금 다이아몬드 상자에서 보석을 꺼내 자신의 아내들에게 장신구로 준 유일한 군주였습니다. 하지만 그가 그런 행동을 한 시대에는 그 정도로는 책임이 없다 해도 되지 않을까요?

이레네 회교사원에는 값비싼 회교도 골동품과 십자군 시대의 무기들이 보관되어 있다고 합니다. 하지만 우리같이 보잘것없는 '이교도들'에게 그런 것들을 보여 주지는 않았습니다. 대신 그 보상으로 우리에게 '바그다드 정자'를 방문할 수 있도록 해주었습니다. 그것은 일찍이 술탄의 머릿속에서 태어난 독특한 고고학적인 상상력의 산물입니다. 어쨌든 15세기의 건축물을 장식하는 데 이슬람의 고대 기술에서 가장 아름답고 가장 흥미로운 조각들을 사용한다는 것은 얼마나 다행스러운 생각입니까! 겉으로 보기에 사용하지 않는 몇몇 회교사원들에서 가져온 질그릇 치장이 장식미술미술관의 영광과 지위를 충분히 드러내고 있는 것 같습니다.

위대한 투르크 예술가들이 있었습니다. 예를 들어 황금빛 구리를 망치로 두들겨 화려한 둥근 천장을 만든 예술가가 있습니다. 정원에서 감탄하면서 보게 되는 그 주물 작품은 진정한 걸작입니다. 진귀한 코란 필사본은 이곳의 오래된 후궁의 작은 도서관에 보관되어 있는데, 우리는 마음껏 감탄하며 볼 시간조차 없었습니다. 장식의 아름다움과 제작의 완전함에 있어서 우리가 가지고 있는 중세의 미사 경본에 비길 만한 작품이었습니다.

　낯설지만 중요한 구석진 장소를 이곳저곳 힘들게 오고가고 돌아다닌 탓에 마침내 피곤해졌습니다. 그곳에는 베르사유 방식으로 다듬은 주목朱木이 있는 오래된 정원과 궁전의 나이 많은 하인들, 퇴위한 술탄들이 사는 오래된 하렘 등이 있습니다. 아메드 파사는 우리의 그런 모습을 알고 우리를 압둘-메시드의 정자에 앉게 했습니다. 정자 그 자체로는 그리 아름답지 않지만 바다를 향한 전망은 비길 데 없었습니다. 이곳에서 맛있는 커피를 대접받았습니다. 그에 앞서 장미향 나는 셔벗 아이스크림 한 숟가락과 '제벨' 담배산악 지방에서 나는 아랍 지역의 잎담배에 꼭 필요한 물 한 잔을 받았습니다. 이 담배는 환대의식에서 투르크식의 긴 담뱃대를 확실히 대체했습니다. 예전에는 사소한 방문이라 하더라도 온갖 정성을 다할 뿐 아니라 온갖 요리를 접대했습니다. 예를 들자면, 집에서 담배 접대를 담당하는 하인 '시부지'가 손에 긴 담뱃대를 들고 여러분에게 다가옵니다. 그는 정성스럽게 거리를 가늠하고 구리나 은으로 만든 작은 쟁반을 바닥에 내려놓은 다음 그곳에 담배통 일체를 가져다 놓습니다. 다음으로 호박琥珀으로 된 끝으로 교묘하게 반원을 그리면서 여러분의 입술에 정확하게 파이프를 대 줍니다. 그 일이 끝나면 그는 숯을 파이프에 넣어 줍니다. 우선 자신이 문지방에서 익숙하게 담배 피우는 것을 시작하지 않는다면 말입니다. 하지만 그것이 전부는 아닙니다. 담뱃대를 다 사용했으면 각각의 파이프를 긁어내고 씻은 뒤 좋은 향이 나게 만들어야 합니다. 특히 호박으로 된 끝은, 그것이 다이아몬드로 장식되었건 아니건, 세심한 유지·보수를 필요로 합니다. 왜냐하면 니코틴이 언젠가는 그 안에서 엉겨 붙을 수 있기 때문입니다. 손님을 많이 초대하는 집이라면 긴 담뱃대를 정성껏 다루는 담당자가 필요합니다. 담뱃대 50개를 쟁반 위에 늘어놓고 예를 갖추는 전통이 존중되는 동방의 환영 의식이 지켜집니다. 소동이나 법석은 전혀 없습니다. 자연스러운 분위기와, 관례에 따라 청량한 마실거리를 대접하는 젊은이들의 훌륭한 예절을 지켜본 우리는 황제의 모든 궁전에서 접대는 명문가 출신의 아들들에 의해 이루어진다는 것을 알게 되었습니다. 그들의 부모는 자녀들에게 궁전에서의 직무를 떠맡기려 합니다. 그런 식으로 옛날 프랑스에서도 귀족들은 왕의 궁전이나 왕족의 집에서 최초의 경력을 쌓았습니다. 최고 지배자에게 봉사함으로써 위신을 잃는 행동을 하지 않게 될 뿐 아니라, 그에 대해 행하는 직무가 은밀한 성격의 것일수록 그 임무는 더욱더 높이 평가받고 영광스러운 것이 됩니다. 여러분이 바로 그것을 알게 되면 '키슬라르 아가'라는 터키의 고위 내관이 어떻게 총리대신과 같은 품계인지를 이해할 것입니다. 둘 중 한 사람이 최고 권력자의 의지를 대리하는 최고위 인물이라면, 최고 내관인 다른 한 사람은 명예의 수호자입니다. 동양 세계의 구경거리를 좋아하는 우리들에게는 털이 없고 번질거리며 여린 얼굴을 지닌 불완전한 사람이 어쨌든 호기심의 대상입니다. 특히나 우리가 거리에서 그 사람이 여자들이 타는 마차 좌석의 마부 쪽에 앉아 있는 모습이나 궁전의 문 앞에서 주머니에 손을 넣고 있는 모습을 보게 된다면 말입니다. 반대로 동양 사람들은 내관을 회교도 가계의 기본적인 요소들 중 하나로 생각합니다. 그들은 그의 불행을 결코 비웃지 않고 그의 용기와 주인에 대한 헌신을 높게 평가하며 그들의 재산을 부러워합니다. 왜냐하면 내관은 보통의 경우 부자이고 어쨌든 자신의 재산을 물려주기 위해 가족이 있는 과부와 결혼할 정도로 자비롭기 때문입니다. 그렇지만 나는 우리 눈에 보이는 그들 중 단 한 사람도 자신의 직업을 흔쾌히 선택했다고 믿지 않습니다. 그런데 그들 가운데는 아주 젊은 사람들도 있습니다. 그들은 어디서 왔을까요? 그들은 어디서 만들어진 것일까요?

우리는 세라스키에라 광장으로 나왔습니다. 그곳에는 막 하선한 신병들이 그들 고장의 의상을 입고 있었고, 몇몇 병사들은 장밋빛 면으로 된 웃옷에 연한 자홍색의 짧은 바지를 입었습니다. 그들은 상당히 여유 있는 훈련을 받고 있었는데 몸을 굽혀 식기를 들고 저녁식사 준비를 했습니다. 투르크 병사는 상당히 비정기적으로 급료를 받았는데 그것은 제국의 거의 모든 공직자들과 마찬가지입니다. 하지만 병사들은 좋은 숙소에 좋은 옷을 입고 집에서처럼 지냈습니다. 그들은 프랑스에서와 마찬가지로 빵 일인분 이외에 하루에 두 번 고기와 야채 스튜를 받았으며 일주일에 두 번 설탕이 들어간 요리와 이따금 담배도 배급받았습니다. 제국의 수입은 영토와 마찬가지로 현저하게 줄었고, 특히 오늘날에는 세관 수입과 아시아 지방의 조공으로 이루어졌을 뿐인데 그 상당 부분을 가져가는 것은 군대입니다. 성실하게 통치하고 지배하는 술탄은 모든 당파의 존경을 받는데, 그는 모든 사건에 대비하여 유럽에서 아직 보유하고 있는 영토를 명예롭게 지키고 싶어 합니다. 필요한 경우에 그가 군대와 백성들에게 영웅적인 지지를 받지 못한다면 나는 정말 놀랄 것입니다. 두고 보면 알게 되겠지요.

먼저 오래된 후궁의 입구에서 아주 평온한 작업에 몰두하고 있는 선량한 투르크인들이 보입니다. 그들은 쿠르밤 바이람 축제에 제물로 바친 후 나눠 먹을 양들을 골라 값을 치르고 데려갑니다. 아브라함에서부터 되풀이된 이 희생은 이어지는 회식과 마찬가지로 엄격한 의무입니다. 쓰고 남은 양고기는 가난한 사람들에게 나눠 줄 것입니다. 회교도들은 사적이건 공적인 축제이건 가난한 사람들을 결코 잊지 않습니다. 우리가 줄 지어 서 있는 광장에 큰 임시 시장이 열렸습니다. 여러 동물들이 있었는데 그 중 양들에는 주인이 표시한 색깔로 낙인이 찍혀 있었습니다. 우리는 그 양 무리들을 보고 다양한 품종이 있음을 알았습니다. 가장 인기 있는 종은 꼬리가 기름져 보이는 양 같았는데 뒤쪽에 지방을 4~5킬로그램이나 달고 다닙니다. 초보자는 동물을 매우 주의 깊게 들여다보며 만져 본 다음, 홍정을 하고 거래가 성사되면 양을 어린애를 업듯이 등 뒤에 둘러메고 갑니다. 우리는 한 발짝씩 옮길 때마다 이런 우스꽝스러운 모습들을 만났습니다. 그렇지만 짐승도 사람도 우리가 왜 웃는지 알지 못합니다. 사람 좋은 올랭 씨의 황실 마차가 갈라타 다리에서 늘 북적거리는 형형색색의 군중들을 밀어내며 길을 터 주었습니다. 페라 거리로 올라가 호텔로 다시 돌아왔습니다. 호텔에서 왕성한 식욕으로 저녁식사를 하고, 목요일 밤부터 화요일 밤까지 쉬지 않고 계속 돌아다닌 사람들답게 잠이 들었습니다. 아무리 활력 있고 변화무쌍한 즐거움도 우리에게서 휴식을 대신하지는 못합니다. 사람이 나이를 먹으면 어쩔 수 없습니다.

# 이스탄불

개들이 밤새도록 우리 창문 아래 거리에서 맹렬히 짖어 댄 듯합
니다. 하지만 소용없는 짓이지요. 나는 잠에서 깨어나지 않았으
니까요. 네 발 달린 그 거지들은 오늘 밤에는 상당히 조용해졌
습니다. 사람들이 밖에 뼈다귀와 음식물 찌꺼기를 던져 놓은 모
양인지, 개들은 특히 새벽에 서로 다투었습니다. 여덟 시가 되어
눈을 뜨자 개들이 우글거리는 거리에는 질서가 잡혀 있었습니
다. 통통하고 노란 개가 앞발은 호텔 보도에, 뒷발은 도랑에 걸
치고 조용히 새끼들에게 젖을 먹이고 있었습니다.

　눈을 뜨면서 아바스 통신사 <sup>AFP 통신사의 전신</sup>의 대표인 러더 씨
가 아침마다 내 숙소로 와서 전해 주곤 하는 파리의 최근 소식
을 들었습니다. 거의 같은 시간에 내무부 장관의 아들이자 황실
박물관장인 함디 씨가 내 방에 들어왔습니다. 대단히 기품 있는
이 젊은이는 내 친구인 귀스타브 블랑제의 파리 화실에서 그림
공부를 했습니다. 그는 자신이 수집한 컬렉션과, 자신이 세워서
대표를 맡고 있는 미술학교를 볼 수 있도록 나를 초대했습니다.
이 모든 것은 우리가 오후에 가기로 한 아야소피아 <sup>Ayasofya</sup> 성당
에서 200보 정도 되는 곳에 있습니다. 일석이조가 아닐 수 없습

니다. 이어서 『르탕』*Le Temps*지의 특파원이자 재능 있는 작가이며 훌륭한 프랑스인인 도망제 씨가 왔습니다. 나는 그를 끈덕지게 붙들고 그의 호기심을 이용하여 온갖 질문으로 그를 괴롭혔습니다. 모든 질문들 중 첫번째가 무엇인지 여러분도 잘 알 것입니다. "우리는 왜 이곳에 있는 것일까요?", "이곳에서 우리는 무엇을 하게 될까요?", "이곳에서 우리는 어떻게 비춰지고 어떤 대접을 받을까요?", "투르크에서 프랑스의 영향력은 어떻게 될까요?" 등등의 질문 말입니다. 아아! 그리 신통하지 않은 우리 일이 더 잘 풀리지 않을 수도 있는 것입니다. 많은 접견을 받고 외교단을 대접하는 것을 좋아하는 술탄은 프랑스 대사인 드 노아이유 씨를 높게 평가하고, 오스만 제국에게 유일하게 공정한 친구인 프랑스를 좋아한다는 것을 감추지 않았습니다. 빅토르 뒤뤼 씨가 프랑스의 영향력에 대한 관심에서 세운 갈라타세라이의 교육기관은 학생이 700명에 달하는데 그 중 600명인 기숙사생들은 터키어와 프랑스어를 동시에 공부합니다. 학교장인 이스마일 씨는 당연히 회교도입니다. 부교장인 돌리 씨는 프랑스 사람입니다. 양식 있고 공정한 사람인 이스마일 씨는 아랫사람이 매달 첫째 날에 금으로 일정하게 급료를 받는 유일한 관공서의 장일 것입니다. 그는 밀린 급료를 마지막 한 푼까지 정산해주겠다는 약속을 얻어 내기까지 했습니다. 우리에 대한 그의 부족함 없는 태도는 공화국 정부프랑스 정부로부터 감사장을 받을 만할 것입니다. 2인자인 돌리 씨는 참으로 현명하며 더없이 절제 있는 사람으로 개인적 야심이라곤 전혀 없이 오직 교육에 대한 관심에 헌신합니다. 그는 조국에 충실하며, 프랑스 대학의 역사학에서 기조 씨와 쥘 페리 씨 사이에 한자리를 차지하고 있던 뒤뤼 씨의 진정한 숭배자로서, 투르크인들을 가까이서 본 다른 모든 사람들처럼 평가하면서도, 정반대로 불행에도 자존심을 꺾지 않는 민족의 정당한 민감성을 이해하고 있습니다. 유럽 쪽의 새로운 국경에서 그 입지가 좁아질수록, 오스만 제국은 자기네 땅에서 주인임을 증명하는 것을 더욱 자랑스럽게 생각합니다. 페라 지역에서 주인 행세를 하는 외국의 재판소와 우체국들, 한마디로 외국의 모든 간섭은 그들에게 치욕적입니다. 마치 서구 세력들이 투르크 사람들의 기독교도들에 대한 학대에 대항하여 자신들의 국가를 지켜야 했던 옛날의 치욕스런 기억과 마찬가지로 말입니다. 영토 회복에 대한 압둘-하미드의 애국주의적 요청은 총리대신인 사이드 파샤의 충직한 지원을 받았다고 합니다. 사이드 파샤는 유능한 사람이며 지칠 줄 모르는 일꾼이고 그 나라에서는 드물게 가난한 장관입니다. 물론 우리가 근대 투르크를 제대로 평가하고 공감하려면 필요한 요소는 훨씬 더 많습니다. 하지만 내 친구들이 어설픈 속임수를 쓰려는 것은 아닙니다. 1870년 보불전쟁 이후 프로이센은 제자리를 잡았습니다. 그들의 교관과 장교들이 군대에 필수적이라는 것을 알았을 뿐 아니라 그들의 정부에서 차관次官 제도 역시 모든 부서에 거의 공식적으로 자리를 잡게 되었습니다. 베를린의 나리들이 러시아의 새로운 침략에 대항하여 오스만 제국을 지켜 주리라고 생각할 수도 있습니다. 그러나 그들이 오스트리아 연합군에 대항하여 오스만 제국을 잘 보호하리란 증거는 아무것도 없습니다. 우리는 어제 오래된 후궁 아래서 루멜리오스만 왕조의 유럽령 영토 철도의 열차를 보았습니다. 그 노선은 투르크인들이 고의로 단절시킨 구간에 불과합니다. 그들은 프랑스 시인 뮈세의 『문은 닫혀 있거나 열려 있어야 한다』는 희곡을 읽었지만, 문을 닫아 두기를 더 좋아했습니다. 하지만 러시아 사람들이 그들에게 문을 열도록 독촉할지 누가 압니까? 혹은 오스트리아가 러시아를 대신해서 자기 나라의 상인들이 서둘러 테살로니키Thessaloníki* 에 당도하도록 말하게 되지 않을지 누가 압니까? 오늘 정치 문제는 충분히 말했습니다. 그래서 우리는 아야소피아 성당을 향해 갔습니다.

회교도들은 비잔틴 건축의 최고 걸작을 가로챘습니다. 첨탑을 만들고, 프레스코 벽화를 칠로 가리고, 황금빛 동판 조각 아래에 아기 천사 케루빔의 머리 몇 개를 감추어 두고, 거대한 표

---

* 그리스 동북쪽에 있는 항구도시로 고대 이래로 종교·문화의 중심지였으며, 유럽과 에게 해를 잇는 교통의 요지로 번영하였다. 이 글이 쓰일 당시엔 오스만 제국의 영토 였다.

지와 흡사한 금속이나 나무판 위에, 터키어로도 된 게시물을 귀퉁이에 걸어 놓음으로써 말입니다. 성직자들 아니면 아마도 성당지기들은 건축물의 아름다움과 명성을 이용하여 우선 기독교도 한 명당 4~5프랑의 입장료를 지불하게 한 다음, 문화재 파괴자들이 벽에서 엄청나게 많이 뜯어낸 모자이크 입방체를 구입하도록 방문객들에게 강요합니다. 이런 끔찍한 짓을 당했음에도 불구하고 건축물은 눈이 부시게 아름답습니다. 베네치아의 산마르코 성당보다 덜 완성되고 덜 완전하며 더 낡았지만 훨씬 더 크고, 불과 네 개의 기둥 위에 세워진 외눈 거인의 커다란 눈 같은 둥근 지붕은 더욱 대담하다는 생각이 들게 합니다. 서기 6세기 유스티니아누스 치하에서 그리스·로마 예술은 낡은 것이었지만 여전히 견고했으며, 내 생각으로는 프랑스의 학문, 프랑스의 돈, 프랑스의 자만심이 그와 경쟁할 수 있을지 모르겠습니다. 상업 사진은 물론, 로마의 미술학교 학생들이 출품한 전체와 디테일에 관한 연구논문도 여러분들에게 아야소피아 성당의 장엄함을 설명해 내지 못할 것입니다. 이 건축물의 위대함을 판단하려면 성당을 그 자체로서 가늠해 보아야 하고, 우리가 그곳에서 차지하고 있는 얼마 안 되는 공간을 보아야 합니다. 말하자면 성당을 이루고 있는 값비싼 건축재 전체와 화강암·반암·사문암·고대의 각력암과 줄무늬가 있는 이 아름다운 대리석의 가치를 평가해야 합니다. 특히 기둥뿐 아니라 회랑 전체를 포장하는 데 쓰인 대리석 말입니다. 광기에 사로잡힌 정복자들은 금·은·보석 등, 한마디로 동양의 황제들이 애착을 가지고 모은 모든 부를 약탈하면서도, 건축가 안테미우스*가 그리스, 아시아, 이집트 등의 모든 사원에서 빌려온 기둥은 그대로 서 있도록 내버려 두었습니다. 술탄들이 대성당을 회교사원으로 바꾸기 위해 초기 건축물에 덧붙인 모든 것은 얼마 되지 않습니다. 거대한 둥근 지붕을 둘러싸고 있는 네 개의 첨탑을 제외하고 말입니다. 우리가 보기에 기독교도들의 신이, 그리스인들에게 소중한 고대의 전설과 마찬가지로, 그 사원을 소유했다면 대여섯 날을 청소한 다음에 자기 집으로 돌아왔을 것 같습니다. 하지만 정복의 난폭성, 자연의 힘과 시간의 격렬함, 이 침묵의 대파괴자들은 아직 지상에 서 있는 모든 것들을 잔인하게 파괴하였습니다. 아케이드를 떠받치고 벽을 튼튼하게 하는 거의 모든 기둥머리에는 테두리에 철이나 동이 둘렸는데, 이 모든 것은 서투른 손으로 아무렇게나 이루어졌습니다. 아야소피아 성당이 오직 완전한 복원을 통해서만 보전될 수 있을 시기가 왔습니다. 투르크인들이 그 작업을 시도할까요? 아니, 전혀 아닙니다. 그 민족은 세상에서 가장 수리에 서투릅니다. 더구나 그들이 적어도 수억 프랑에 달할 돈

---

* Anthemius of Tralles(474~534). 수학자이자 건축가로 명성을 떨친 비잔틴의 학자로 아야소피아 성당을 설계하였다.

을 쓸까요? 대성당을 수리하기 위해 제국을 무너트리는 것은 해결책이 아닙니다.

　우리 동료들 대부분은 베이유 씨가 만든 프로그램을 지키지 않고 기어코 금각만 맨 안쪽으로, 세속 사람들에게 신이 어디에서나 있다는 것을 알려 주기 위해 하늘에 두 손을 들고 공중을 두 박자로 춤을 추듯이 한참씩 도는, 수염 기른 사람들을 보러 가고 싶어 했습니다. 나는 그와 같은 의식 장면을 카이로에서 보았습니다. 1868년부터 숙달을 위한 연습을 되풀이했다는 것은 사실임직하지 않았으므로 나는 함디 씨를 방문하러 그의 작은 박물관에 가는 편이 더 낫다고 생각했습니다. 그는 아직 부자가 아닙니다. 우선 그는 일을 새로 시작했고, 그 다음으로 투르크인들은 자신들이 전에 차지했었던 모든 걸작들을 다시 찾아오도록 했기 때문입니다. 밀로의 비너스는 파리에 있습니다. 파르테논의 대리석은 런던에 있고 그리스 에기나 섬의 신전 박공뱃집 양편에 人자 모양으로 붙인 두꺼운 널은 뮌헨에 있습니다. 아주 최근에 북방의 독일인들은 페르가몬의 훌륭한 프리즈freize, 띠 모양의 부조를 약탈했습니다. 프리즈는 길이가 수백 미터 이상인데 가엾은 투르게네프는 베를린에서 그것을 처음으로 보고 내게 보낸 편지에서 열광적으로 묘사한 바 있습니다. 돈을 버는 데 혈안이 되어 있는 학자인 독일의 슐리만은 트로이의 왕 프리아모스의 보물과 아가멤논의 유물을 투르크에 아무런 대가도 주지 않고 밀반

출했습니다. 그것은 근대의 목걸이가 아니더라도 그 금은 고대의 것입니다. 나는 그러한 사실을 쉽게 믿습니다. 왜냐하면 자연은 수천 년의 세월 동안 더 이상 그런 금을 만들어 내지 않기 때문입니다. 프러시아 사람들은 함디 씨에게, 피에르 퓌제[17세기 프랑스의 조각가]의 아주 생기에 넘치면서 대단히 프랑스적인 기법이라고 일컬어지는, 그 아름다운 프리즈 중에서 당연히 석고로 된 몇 미터를 주었습니다. 루브르 박물관은 자신이 가지고 싶어 하는 주조鑄造를 마음대로 할 수 있을 정도로 진품이 많습니다. 독일 남부의 바바리아 사람들과 영국인들은 그에게 아무것도 주지 않았습니다. 그래서 그는 지금까지 값이 얼마 나가지 않는 대리석 상과 석관, 분묘, 입상, 여러 섬들과 특히 키프로스 섬에 묻힌 흉상 말고는 거의 보유하지 못했습니다. 예를 들어 타나그라[Tanagra, 고대 그리스 모이오티아 지방의 도시] 스타일의 구워서 만든 작은 토기상들, 청동으로 만든 귀여운 조각 몇 점, 고대의 그릇 몇 점, 상당수의 비명碑銘 등입니다. 또한 아테네 학파 회원인 살로몬 래나크[Salomon Reinach, 프랑스의 고고학자]가 작성한 일체의 목록이 있습니다. 함디 씨는 해발 200미터 아래에 있는 눈 속에서 시리아 제국의 왕인 안티오코스 1세의 무덤을 직접 발견했는데, 아마도 그곳에서 진귀한 조각들이 상당수 나왔을 것입니다. 나는 상당히 아름다운 부조浮彫를 보고서 그것을 예감으로 알았습니다. 그 박식한 이슬람 청년은 애국심에서도 민족의 오랜 산업에서 나온 최고의 작품을 모으고 정리하고 싶었을 것입니다. 그는 마졸리카 도기만큼이나 많은 회교사원의 유리 등잔과 상감을 한 가구들, 십자군 시대의 투구들을 이미 가지고 있습니다. 그리고 만일 그가 충분한 예산을 쓸 수 있었다면 아시아의 몇몇 도시에서 뜻밖의 흥미로운 것을 발견할 수도 있었을 것입니다. 골동품상을 하는 비전문가들이 아직 발을 들여놓지 못한 도시들에서 말입니다.

미술학교를 방문하는 것으로 산책을 마쳤습니다. 학교는 넓고 깨끗하며 향이 바른 곳에 있었습니다. 그곳에서는 20여 명의 투르크 젊은이들이 작업을 하고 있었는데, 그 중 몇몇은 이미 상당한 수준에 있었습니다. 몇몇 사람들은 모형상을 앞에 두고, 다른 몇몇 사람들은 구필 화랑19세기에 화상과 예술서 출판으로 유명한 아돌프 구필의 화랑에서 출판한 교본을 두고 훌륭하게 작업을 했습니다.

아! 만약 내게 며칠만 더 시간이 주어졌더라면, 함디같이 감각 있고 학식 있는 전문가와 더불어 이 도시를 돌아다니는 즐거움을 누렸을 텐데! 콘스탄티노플은 유럽의 가이드들 혹은 투르크인들조차 알지 못하거나 결코 그 가치를 알지 못하는 진짜 경이로운 발굴의 현장입니다. 아메드 3세의 흠잡을 데 없는 분수는 금으로서는 한 푼의 가치도 없는 걸작인데, 대리석으로 가장자리가 장식된 조각으로 그와 같은 장르에서는 독창적인 작품이 아닙니다. 황제의 도시는 역사적인 무덤들과 그리스·로마 양식의 기둥들, 기념물인 저수조들이 넘쳐납니다. 이 모든 것들은 개인 소유물로 있다가 버려지거나 유실되고 침수되었습니다. 고대의 전차 경기장인 히포드롬<sup>Hippodrome</sup>은 녹색과 파란색 편으로 나뉜 전차들이 벌이는 피비린내 나는 경쟁의 장소로 널리 알려진 곳입니다. 이곳에는 일정하지 않은 크기로, 세 개의 트랙의 경계를 이루고 있는, 세 개의 거대한 경계석과 테오도시우스의 오벨리스크, 청동으로 된 뱀 모양의 기둥이 있습니다. 그런데 청동뱀 기둥의 뱀 머리는 어리석기 그지없는 잔인성 탓에 파괴되었습니다. 히포드롬은 어느 때고 현재의 땅 아래 2~3미터 되는 곳에서 확실히 발굴될 것입니다. 고고학자는 그곳에서 보물을 발견하게 될 것입니다. 땅을 그리 깊게 파지 않더라도 공중에 코를 벌름거리는 것만으로도 우리는 놀라고 또 놀라게 될 것입니다. 다름이 아니라 간혹 궁전의 잔해와 내부 성채의 폐허가 발굴되면, 피렌체의 팔라초 스트로치처럼 위협적이며 생소한 건물의 외관 혹은 친근하고 경쾌한 스타일로 돌에 새긴 독창적 작품, 정자의 모서리, 장식된 쇠창살 등이 발견됩니다. 호시절의 동양 설화 및 젊고 잘생긴 이발사와 공주의 결혼, 나이팅게일과 장미의 아름다운 선율과 향기로운 사랑 등을 우리에게 떠올리게 하는 작은 정원도 있습니다. 하지만 시간이 우리를 재촉하고 엄격한 전통은 우리를 어찌할 수 없게 만듭니다. 좋든 싫든, 호의적인 거간꾼들과 끈덕지게 달라붙는 걸인들 틈바구니에서 시장통의 진흙투성이 길과 대상의 숙소, 가게들과 노점 등이 들어선 이 도시를 성큼성큼 지나치듯 걸어야만 합니다. 오직 유럽의 상품들만을 파는 가게들 말입니다. 아침부터 저녁까지 문명 세계의 모든 화폐를 투기하듯 매매하는 환전상, 즉 '사라프'에게서 고대의 메달을 찾는다는 것은 헛된 일입니다. 파리의 알제리 출신 유태인들보다 값은 비싸게 받으면서, 물건 구색은 떨어지는 국제 상인들에게서 질 낮은 보석이나 동양 상품을 고르는 수밖에 없습니다. 우리는 이 고역스러운 일을 마친 다음 기운차게 호텔로 돌아와서 흰색 크라바트를 매어야 했습니다. 왜냐하면 훌륭한 들로예 마티유 씨는 우리에게 숙소를 6일 동안이나 제공하고도 연회를 베풀지 않으면 자신의 책임을 다하지 않은 것이라고 생각할 것이기 때문입니다. 멋지고 감미로운 연회, 번쩍이는 단추가 달리고 깃을 올린 옷에 의복의 안쪽까지 반짝이는 장식으로 눈이 부신 그런 연회 말입니다.

축연은 대단했고 상당히 잘 조직되었습니다. 호텔의 요리사는 자기 실력 이상을 발휘했고, 최고급 프랑스 와인이 흘러넘치도록 준비되었으며 참석자들의 박수가 끝나자 즐겁고 진지한 건배가 이어졌습니다. 내가 이름을 거명하기 조심스러운 우리들 중 한 사람이 상당히 호의적인 표현을 써 가며 농부들, 노동자들, 군인 등 투르크 민중의 토대를 이루는 소탈하고 정직하며 활력이 넘치는 요소들에 대해 언급을 했습니다. 우리의 주인공

암피트리온프랑스 작가 몰리에르가 고대 신화를 토대로 쓴 희곡 『암피테리온』의 주인공의 자리를 차지하고 있는 아메드 파사는 사교계 인사로서만 아니라 호인다운 답사를 했습니다. 축제는 사람들이 지칠 틈도 없이 아주 늦게까지 계속되었습니다. 왜냐하면 전날처럼 열시가 되어 잠자리에 드는 대신 '콩코르디아'라는 이름의 퇴폐적인 장소에서 저녁 회합을 마치게 될 것이기 때문입니다. 그곳은 극장식 카페였는데 가슴과 어깨를 드러낸 귀여운 여자들이 파리의 뱃노래를 불렀습니다. 나는 파리에서는 왜 그런 노래를 듣지 못했나 안타까울 따름이었습니다. 극장 뒤쪽에서는 사람들이 룰렛 게임을 하고 있었습니다. 날씨 좋은 바덴바덴에서 예전에 그랬듯이 말입니다. 이곳에서는 많은 돈을 잃을 수도 있을 법도 합니다. 왜냐하면 산스테파노 조약러시아와 투르크 간 전쟁의 결과로 맺은 조약 이후에, 박애를 표방한 이 시설이 '00'와 '24'라는 숫자를 이용하여 40만 프랑의 돈을 러시아 장교들의 수입으로 벌어들였다고 하기 때문입니다. 그렇게 해서 1815년에 러시아군의 기병들은 팔레 루아얄의 재산을 차지했습니다.[*]

* 1815년 나폴레옹의 백일천하가 끝나고 영국군과 코자크 기병들이 파리에 입성한 사건을 말한다.

# 울부짖는 성직자들

10월 11일 목요일인 어제 여섯 시, 우리는 호텔로 돌아오는 길에 페라 거리에서 순종 말 두 필이 끄는 사륜마차 한 대와 마주쳤습니다. 파리의 불로뉴 숲의 아카시아가 심어져 있는 오솔길에서나 눈길을 끌 법한 종류의 마차였습니다. 자리에 앉아 있던 우리 가이드는 몸을 돌리더니 우리에게 딱 두 마디를 던졌습니다. "이즈딘 왕자입니다." 나는 강한 호기심이 어린 눈길로 마차를 보았습니다. 잠깐 사이에 막 그 사람을 알아보았는데, 거무스레한 안색에 커다란 눈, 가늘고 윤기가 나는 수염을 지니고 있었으며 상당히 무료해하는 것처럼 보였습니다. 그는 불쌍한 압둘-아지즈의 장남입니다. 왕자인 그는 본의 아니게 자기 아버지를 죽게 만들었습니다. 술탄은 하렘에서 암살자에 의해 살해되었습니다. 압둘-아지즈는 이스마일 총독에게 이슬람의 전통에 완전히 어긋나는 재가를 내렸거나 허가서를 팔아넘겼습니다. 그는 이집트에서 방계친족을 배제하고 선왕의 장남이 자기 아버지의 권력을 승계할 수도 있다는 칙서를 내렸습니다. 방계혈통 중 첫번째 서열은 메흐메드 알리의 아들인 할림 왕자였습니다. 우리는 그가 아들인 이즈딘을 위해 그런 방식의 혁명을 준비했다고 추측해 볼 수 있습니다. 그는 스스로 그와 같은 혐의를 유포하였습니다. 경솔하게도 자신의 장남에게 지나친 호의를 베풂으로써 말입니다. 그 일로부터 피비린내 나는 드라마가 시작되었는데, 항상 최악의 것을 가정하는 경향이 있는 유럽의 신문들은 이 사건에 대해 아무 증거도 없이 압둘-아지즈의 장남과 어머니를 얼마 동안 끌어들였습니다. 투르크인들에게서 세워진 왕위 계승 순서에는 장점과 단점이 모두 있습니다. 한편에서 보면, 민중들의 관심은 어떤 경우든지 간에 권력이 자녀의 손에 넘어가지 않는 것을 원합니다. 하지만 사람의 마음을 헤아려보면, 아버지란 자기 형제나 삼촌보다는 항상 자기 아들을 선호하도록 되어 있는 법입니다. 또한 자신의 의지에 다른 모든 의지를 복종시키는 데 익숙한 전제군주는 자기 아들과 왕위를 분리하려는 장애물을 제거하려는 욕망을 이겨 내기 힘들 것입니다. 게다가 새로우면서도 오래된 좋은 예를 들여다보면, 제국의 주인은 자기 자신의 형제이기도 한 방계 상속자에 대해 대단히 경계를 한다는 것입니다. 중세에 군주는 상속자를 고립시킴으로써 궁전에서 이루어지는 음모를 예방했습니다. 근대의 풍속은 과거보다 상당히 부드러워졌습니다. 하지만 술탄은 자신의 궁전을 감시하고 자신의 추정 상속자에게서 시선을 떼지 않습니다. 압둘-마지드Abdülmecid I, 오스만 제국의 31대 술탄에게는 여러 아들들이 있는데 그들이 자신들의 존엄한 형제인 압둘-하미드Abdul Hamid II, 오스만 제국의 34대 술탄를 계승할 것입니다. 아아! 인샬라! 이전에는 이즈딘 왕자에게 왕위를 씌워 주는 일이 문제가 되었습니다. 그래서 그 젊은 왕자는 여러 해 동안 무료한 시간을 보내며 배움을 계속한 것입니다.

우리들은 오늘 울부짖으며 예식을 진행하는 마호메트교의 탁발승을 보러 가기로 되어 있었습니다. 그들은 스쿠타리 지역에 있는 일종의 수도원에서 일합니다. 수도원 문이 오후 두 시 이전에는 열리지 않았으므로 아침부터 투르크 도시의 길을 마음껏 돌아다닐 수 있었습니다. 나는 그곳에 친구도, 가이드도 없이 혼자 갔습니다. 젊었을 때의 호시절에 주머니에 지도 한 장 없이 그랬던 것처럼 말입니다. 그렇지만 나는 런던에서와 마찬가지로 이스탄불에서도 결코 길을 잃지 않았습니다. 내 생각에 이곳의 많은 것들이 변한 것 같습니다. 길들은 더 넓어졌고 더 곧아졌습니다. 오스망 남작Georges-Eugène Haussmann, 나폴레옹 3세 때 파리 개조 공사를 대규모로 벌인 사람이 이곳을 지나가기라도 한 것 같다고 합니다. 그 사람이 아니라면 화재가 일어나 나무로 만들어진 오래된 거리를 무너뜨리고 주민들이 돌로 집을 다시 짓게 된 것이겠지요. 그 집들은 대단히 깨끗하고 상당히 아름답게 보이며 안락함과 안전이 동시에 더욱 보강되었습니다. 여러분은 그리스의 '라이아'raïa, 비非회교도라는 말을 알고 있을 텐데, 그들에게 이렇게 물었습니다. "당신들은 왜 집 주변에 나무를 심지 않는 것인가?" 그가 대답합니다. "내가 머리가 돌았을 정도로 미쳐서 나무 한 그루를 심었다면 내 집 앞을 지나가게 될 첫번째 투르크 사람이 자기 하인들과 그늘에 자리를 잡게 될 것이오. 그 사람은 내게 커피를 타 오고 양고기를 구워 오라고 명령할 것이오." 재산을 범죄 감추듯이 숨기는 사람은 그리스인, 아르메니아인, 이스라엘인들만이 아닙니다. 옛날 투르크인 역시 세금과 부당징세, 재산 몰수 등을 피하기 위해 거지 행세를 했습니다. 오랜 악습은 이제 쓸모가 없어졌습니다. 그와 같은 전횡은 아나톨리아 오늘날의 터키공화국 영토 대부분의 지역 지방의 구석진 곳에서는 아직도 쉽게 통합니다. 하지만 수도에서는 법률·사회적 도덕·여론 등이 권리로서 지켜지고 있습니다.

설명 못할 것도 없는 별난 모순에 의해 사치스러운 의복, 장신구, 하인 등은 현저히 감소한 것 같습니다. 30년 전에 고상한 여자들은 '페레디에'féredjé라는 외출복을 입고 자신을 돋보이게 할 줄 알았습니다. '야슈마크'yachmak, 이슬람 여성들이 외출할 때 썼던 좁고 긴 베일의 속이 들여다보이는 섬세함 속에서 자신들의 아름다움을 뽐냈던 것처럼 말입니다. 불가능한 모험을 꿈꾸었던 유럽의 수많은 바보들은 시장이나 길거리에서 반나절도 지나지 않아 파리풍의 상상력을 타오르게 만드는 상당히 잘 차려입고 눈부시게 치장을 한 보통 여자들을 백 명쯤은 만나게 될 것입니다. 나를 놀라게 만든 변화는 사물들에서 비롯되었을까요? 혹은 내

눈이 변한 것일까요? 내가 나이를 먹었기 때문에, 이스탄불의 부르주아들이 덜 젊고 덜 원숙해 보이며, 보기 싫게 옷을 입고 닳아빠진 유럽의 편상화編上靴를 예법에 어긋나게 신고 있는 것처럼 여겨지는 것일까요? 나는 피상적으로 판단할 수밖에 없는 사람이지만, 나보다 세상을 덜 피상적으로 보는 어떤 관찰자는 실상 서양이 투르크에 무한한 신뢰를 보여 준 덕분에 이스탄불이 번화해진 것이라고 말합니다. 새롭게 지어진 모든 건물들도 그런 번영의 자취라고 하면서 말입니다. 하지만 동시에 이뤄진 재정적·정치적·군사적 파탄은 수많은 재산에 손실을 가져왔고 여러 가정을 어려운 처지에 놓이게 했으며 다량의 다이아몬드를 팔게 만들었습니다. 또한 주민의 일반적인 상황을, 몹시 서글프기까지 한 형편을 거리에서 우리 눈을 즐겁게 해주었던 일상적인 가면무도회와 같은 우스꽝스러운 모습으로 만들었습니다. 밝은 태양으로도 사라지지 못한 우울한 생각을 지니고 호텔로 돌아왔습니다. 나는 저녁식사 후의 일정으로 우리에게 약속되었던 볼거리에 대해 상당히 비관적인 예측을 합니다. 울부짖으며 예식을 행하는 탁발승이라니, 파리에서 '아이사우아'Aïssaoua, 무하마드 반 아이사가 모로코에서 창시한 밀교 성격의 수도회라는 이름으로 조롱받는 아프리카 광대와 비슷하지 않겠나 생각합니다.

아아! 아닙니다. 시간 낭비는 아니었습니다. 우리의 하루는 멋졌습니다. 날씨가 좋을 때 보스포루스 해협을 카이크caïque, 선

수, 선미가 뾰족한 터키식의 소형 보트를 타고 횡단하는 것은 어쨌든 피크닉과 같습니다. 카이크는 베네치아의 곤돌라가 육중한 만큼 가볍고 곤돌라가 어두운 만큼 밝으며 곤돌라가 우울해 보이는 만큼 즐거움을 줍니다. 바람 한 점도 전복시킬, 이 놀라운 교통수단의 불안정성 자체는 오히려 여행의 매력을 더해 줍니다. 또한 반나절도 되지 않아 대형 여객선, 유람선, 침몰할 정도로 짐을 실은 범선, 스쿠너선마스트가 두 개 이상인 범선, 중소형의 쾌속범선, '타튼'이라 부르는 소형 범선 등을 수없이 만나게 됩니다. 모든 종류의 배들이 물 위를 지나가고 있습니다. 몰리에르의 희곡 『스카팽의 간계』에 등장했던 유명한 갤리선도 예외가 아닙니다. 우리는 모두 함께 스쿠타리의 항구로 함께 입항했습니다. 여러 언어로 된 욕설이 서로 뒤섞인 채 쏟아지는 가운데 썩은 널빤지 위로 발을 디뎠습니다. 우리는 각자 하고 싶은 대로 안장을 채운 말에 앉거나 사륜 합승마차에 탔습니다. 그리고 속보와 구보로, 밀집한 사람들을 헤집고 스쿠타리의 포장이 잘 되지 않은 진흙 투성이 대로를 올라갔습니다. 혼잡은 국경일 아침의 파리 교외에서보다 덜하지 않았습니다. 남자들, 여자들, 아이들, 휴가 중인 군인들, 멀리서 온 목동들, 행상인들, 아직 열리지 않은 성대한 축제를 미리 축하하려고 쉬는 할 일 없는 사람들이 밀려들어 서로 몸을 부딪치며 큰 소리를 내었습니다. 하지만 한 가족이라도 되는 양 거친 행동은 없었습니다. 지금도 양들을 팔고 있었습니다. 또한 양을 잡는 데 쓸 칼과 그것을 구울 석쇠를 팔았습니다. 스물에서 스물두 살쯤 되어 보이는 젊은 부르주아 한 사람에게 주목했습니다. 그는 체크무늬 손수건으로 얼굴을 감싸고, 심부름꾼과 그가 짊어진 엄청난 크기의 양을 자기 앞으로 근엄하게 밀어내고 있었습니다. 여보게, 만일 자네 치아가 시원치 않다면, 흔히들 믿고 있듯이, 막 잡은 양도 내일이면 연하지 않을 걸세!

스쿠타리는 아이들로 넘쳐납니다. 우리는 남자아이든, 여자아이든 투르크 꼬마들만큼 예쁜 아이들을 결코 본 적이 없습니다. 어린아이들은 모두, 잘살든 못살든, 어쨌든 특히 못사는 아이들은, 생기 넘치고 산뜻한 색채로 울긋불긋 장식된 것처럼, 정말로 있는 대로 특이하게 우스꽝스러운 옷을 입고 있습니다. 낡은 담벼락 위에 우연히 대여섯 명의 아이들이 모여 앉아 있습니다. 나는 봄이라는 계절에게 할 수만 있다면 그와 같이 울긋불긋한 꽃다발을 피워 보라고 말이라도 하고 싶습니다. 데르비슈의 작은 회교사원에서 100걸음 정도 떨어진 곳에 우리가 오르려는 언덕이 있었는데, 너무나 가팔라서 말에서 내려야만 했습니다. 우리는 작은 안뜰에 도착했습니다. 상당히 검은 피부의 사원지기 한 사람이 우리에게서 지팡이와 우산을 받아들고, 마을 교회와 흡사한 건물로 밀고 들어갔습니다. 그는 우리를 걸상에 앉게 했는데, 일부는 1층에, 일부는 일종의 다락방으로 들어가게 했습니다. 눈에 띄지 않게 속삭이는 소리와 숨죽인 웃음소리가 창살을 친 계단석에서 우리의 주의를 끌었습니다. 프랑스 작가 앙리 메이악의 희곡 밖의 다른 곳에서도 흥미로운 일은 있습니다. 우리 앞에 상연하려는 작품의 연출은 무시무시하다기보다는 기이합니다. 벽에 매달려 있는 바스크 북이 보였습니다. 맞은편에 있는 악기의 형태와 사용법은 잘 모르겠습니다. 약사가 약을 빻는 데 쓰이는 작은 사발에 두꺼운 양피지가 싸여 당겨져 있는 모양이라고 말할지도 모르겠습니다. 무기들도 있습니다. 걱정스러울 정도로 너무 무시무시한 무기들입니다. 예를 들어 중세의 갑옷투구 한 벌에서 빌려 온 철퇴도 있습니다. 제단 역할을 할 듯싶은 벽감에는 다양하고 신비로운 물건들이 가득 쌓여 있습니다. 어떤 것들은 종교 의식을 하는 데 쓰일 것 같고, 다른 것들은 내가 보기에 단순한 봉헌물인 것 같습니다. 사원의 바닥은 돗자리로 덮여 있었지만 상당히 아름다운 기도용 양탄자와 상당량의 양가죽도 눈에 띄었습니다. 사원지기는 지나가는 사람들을 붙들고 쓸데없는 소리를 늘어놓는 사람마냥 그것들을 지나칠 정도로 정성껏 정리했다가 다시 늘어놓기를 반복했습니다.

오랜 기다림 끝에 장엄하고 상당히 듣기 좋은 노래가 안뜰에서 들려왔고 예식 준비가 시작되었습니다. 거의 동시에 네 명의 회교 성직자들이 들어오는 것을 보았습니다. 그들은 흰색이 섞인 검은색 옷을 입고 있었는데 매우 진지했으며 자신들이 중요한 사람이라는 것을 분명하게 확신하고 있었습니다. 상당히 위엄 있는 사십 세가량의 한 사람이 있었는데, 마치 소교구의 주임 사제처럼 보였습니다. 우리는 보좌 성직자들 가운데서 날카로운 옆모습을 지닌 젊은 고행자를 보았습니다. 그는 스페인 화가 무리요의 그림에서 튀어나왔다고 믿어도 좋을 법했습니다. 이 사람들은 건물 입구에서 우리에게 돈을 내도록 해 약 100프랑가량의 돈을 수입으로 올렸습니다. 그들이 우리를 위해 기도를 하기 시작했습니다. 그들은 '기독교의 개들'을 자신들의 사원에 들어오게 한 것에 대해 신에게 용서를 빌었습니다. 하지만 여러분도 아시다시피 회교도의 사원에서는 목적이 수단을 정당화시킵니다.

우리들이 들으러 온 울부짖음은 아주 오랫동안 기대를 품게 했습니다. 본당 주임사제는 자기 자신은 하지 못하는 격렬한 예식을 위해, 아름다운 성가를 동반한, 아주 중요한 의식을 준비했습니다. 왜냐하면 울부짖는 성직자들이란 울부짖는 사람이 아니라 울부짖을 기회를 주는 사람이기 때문입니다. 멜로드라마의 참다운 배우들은 거리의 광신자들 중에서 뽑힙니다. 반면 성직자들은 기도문을 중얼거리고, 무릎을 꿇은 채 기도하며, 땅에 입을 맞추고 향을 피우며 포옹을 나누는 등 가톨릭 의식의 온갖 세세한 부분들을 모방합니다. 담장 안은 차례로 밀려드는 구경꾼들과 독실한 신도들로 채워졌습니다. 그들은 성전을 향해 경건하게 인사를 하며 돗자리나 회랑에 쭈그리고 앉으려 합니다.

참여자든 구경꾼이든 각자의 선택에 따라 말입니다. 뒤섞여 있는 사람들을 보면 특히 장인들, 하인들, 선원들, 군인들이 있는 것 같습니다. 선량한 부르주아들과는 상관없는 사람들 말입니다. 부르주아들은 예를 들자면 전염병이 퍼지듯이 이따금 서로 뒤섞이고 이끌리며 휩쓸리게 됩니다. 마치 예전 프랑스에 있었던 생-메당의 광신도들처럼 말입니다. 인류의 삶은 우리가 생각하는 만큼 다양하지 못합니다. 광기는 태양처럼 모든 사람들을 비춥니다. 순조롭게 진행되는 예배와 역시 별 탈 없이 진행되는 찬양 기도 중에 사람들이 무리를 지어 모여들었는데, 그들은 둥근 투르크식 모자에 터번을 쓰고 거렁뱅이처럼 차려 입었으며 이곳저곳에 누더기를 걸치기까지 했습니다. 그들은 일어서서 몸을 서로 맞대고 있었으며 합창으로 신에게 구원을 간구했습니다. 그들의 기도는 길지도 복잡하지도 않았습니다. 성직자들은 기도문과 응답 문구를 읊조렸습니다. 네 명의 노인들이 양가죽 위에 앉아서 흥미로운 내용의 노래를 불렀습니다. 프랑스 작곡가 펠리시앙 다비드Félicien David, 19세기 프랑스 작곡가로 동방 음악을 도입한 교향곡·오페라 등을 작곡했다도 잘 활용할 수 있었을 내용이었습니다. 우리가 본 광신도들에 대해 말하자면, 그들은 "알라!"라는 단 한마디밖에 말하지 않았습니다. 그들은 그 말을 할 때마다 머리를 존경의 표시로 숙였습니다. 하지만 얼마 지나지 않아 피로와 흥분이 너무나 지나쳐서 기도를 하는 대신에 소리를 질

렀고, 머리를 숙이는 대신에 발작적인 움직임으로 머리를 앞으로 던지다시피 흔들어댔습니다. 다시 얼마의 시간이 지나자 소리는 울부짖음으로 바뀌었고 머리의 흔들림은 뒤틀림이 되어 버렸습니다. 곧, 일종의 도취가 이 불행한 사람들을 사로잡았습니다. 그들은 숨을 헐떡거리고 땀을 줄줄 흘리며 반쯤 벌거벗었습니다. 왜냐하면 자신들의 몸에서 무게가 나가는 것들을 모두 던져 버렸기 때문이었습니다. 또 머리를 격렬하게 돌려서 목이 졸리게 만들었습니다. 머리가 떨어져 나가 땅에 떨어진다 해도 놀라지 않을 정도로 격렬하게 말입니다. 그들은 목소리를 내지 못했고 기관지에서는 휙 하는 숨소리가 나더니, 숨이 막힌 듯이 수없이 헐떡거리는 소리밖에는 들리지 않게 되었습니다.

하지만 그들을 동정하지는 않도록 조심하시기 바랍니다. 왜냐하면 경련을 일으키는 그들의 얼굴에서 넘치도록 지극한 행복과, 나는 두렵기조차 합니다만, 마호메트의 천국에 대한 고독하고 위험한 예감을 읽을 수 있기 때문입니다. 그들 나름대로 잘해 보라고 합시다! 그들의 즐거움을 부러워하지 않습니다. 하지만 이와 같은 행동이 이슬람 청중들에게서는 상당한 경쟁심을 불러일으킵니다. 진지해 보이는 한 사람이 있는데, 그는 단순한 청중 이상의 사람으로 투르크식의 둥근 모자를 쓰고 긴 프록코트를 입었으며, 항상 노란색인 회교도들의 수염과 달리 제라르 드 네르발을 연상시키는 푸른색으로 수염을 염색했습니다.

그는 다른 사람들의 움직임을 조금씩 따라하더니 이어서 똑같은 음을 흥얼거리다 마침내 춤을 추기 시작했습니다. 확실히 퇴역한 대령이라고 생각되는 신사 한 사람도 있었는데, 그는 단정한 태도에 존경할 만한 모습을 지니고 있습니다. 그는 우리에게서 세 걸음 정도 떨어진 성전 중앙 안쪽 돗자리 위에 앉아 있습니다. 그는 다른 많은 사람들처럼 행동했습니다. 그는 여러 사람 속에서 울부짖지 않고 자신의 역할을 했지만 울부짖는 사람들에게 바스크 북을 쳐 주었습니다. 혹은 없는 키 작은 꼽추가 모두 합쳐 20~30개의 악기를 걸려 있던 곳에서 떼어냈습니다. 흉하게 찡그린 얼굴을 하고 있는 그 녀석은 어린이 합창단의 자리를 맡고 있었습니다. 내 생각에 그 난쟁이가 거리의 다른 아이들 몇 명을 후려 온 것 같습니다. 왜냐하면 그와 같은 나이의 실습생 두 녀석은 마지못해서인 듯 몸을 뒤틀면서 그와 함께 목청껏 노래를 하고 있기 때문입니다. 내가 백살을 살게 된다고 해도, 마호메트를 따라하는 저 못생긴 녀석의 찌푸린 얼굴과, 상당히 키가 큰 한 흑인의 뒤틀린 몸을 특히 잊지 못할 것입니다. 그들의 모습에 나타난 억제하기 어렵고 향기로운 신앙심은 아라비아의 향수를 물리치고 예배의 향마저 헛된 것임을 여실히 증명했습니다.

사람과 짐승이 분명하게 구분되지 않을 정도로 종교적 정열이 충분히 고양되면, '기적을 행하는 사람들'에게 절호의 기회가 오는 법입니다. 그래서 우리는 이 낯선 예배당의 주임사제가 병자들을 공적으로 접견하는 장면을 보게 됩니다. 그들은 그에게 더도 덜도 말고 온갖 기적을 갈구합니다. 첫번째 사람은 오십 세 가량의 장인입니다. 그는 힘들게 걷더니 요통으로 고생하는 사람처럼 늑골을 붙잡고 있습니다. 사람들이 그에게 배를 깔고 눕게 하자 성직자는 거리낌없이 그의 몸을 밟고 갑니다.

다음으로는 좋은 집안의 젊은이 하나가 들어옵니다. 나는 그를 거리에서 본 적이 있습니다. 그는 큰 스카프를 턱에 두르고 있었고 자신의 양을 짐꾼의 등에 지게 했습니다. 우리 다음으로 좀더 늦게 도착한 그는 경건하게 예배 후반부에 참석하여 머리를 끄덕거리며 기도를 중얼거렸습니다. 그는 이렇게 준비를 하더니 주임사제에게로 향했습니다. 수도승은 그의 귀에 손가락을 쑤셔 넣더니 마귀를 쫓는 주문이나 축도를 중얼거렸습니다. 세번째 환자는 기껏해야 세 살 정도 되는 불쌍한 아기였는데 목이 터져라 울어댔습니다. 아이는 양탄자 위에 눕지 않으려 해서 수도승은 아주 조심스럽게 아이를 발로 밟았습니다. 나는 될 수 있는 한 최대로 조심스럽게 이러한 사실들에 대해 말하려 합니다. 우리들은 그 장면을 더 이상 볼 수 없었습니다. 우리는 그 추한 장면과 잔혹한 소리에, 대략 한 시간 반이 지나, 더 있어야 하는지 묻지 않고 떠나기로 결심했습니다. 결국 이 같은 종교적 의식은, 그것이 더 이상 마음을 끄는 데가 없다면, '아이사우아'라는 종교의 기괴한 재주와 조금도 다를 바가 없습니다. 말하자면 상스럽고 불건전하며 사람을 지치게 만드는 일체의 종교의식인 것입니다. 교양 있는 회교도들은 이 같은 의식을 멸시합니다. 이 집트의 장군인 이브라힘 파샤가 이집트 병사들에게 가장 가혹한 처벌로써 이 같은 의식을 금한 것도 옳은 처사였습니다. 그렇지만 솔직하게 말해야 할까요? 우리는 이슬람의 광신에서 비롯된 이와 같은 난잡에 무관심하기 어렵습니다. 잘못 사용된 에너지가 내놓은 소름끼치는 결과를 앞에 두고 경멸과는 또 다른 감정을 느낍니다.

보스포루스 해협 이곳저곳을 돌아다니는 기선들 중 하나를 타고 갈라타 항구로 갔습니다. 나는 이스탄불을 다시 한 번 돌았습니다. 해가 지는 광경을 지켜보았습니다. 일몰 속에서 투르크 도시의 실루엣이 하늘에 회색으로 나타났습니다. 그 장면은 프랑스 화가 펠릭스 지엠의 풍경화에 감탄하던 옛 기억을 불러일으켰습니다. '피셀'을 타고 페라로 돌아왔습니다. 이것은 말하자면 두 개의 기차가 오 분 간격으로 일정하게 서로 엇갈려 오르내리는 소규모의 지하철도입니다. 한 대가 올라가면 다른 한 대가 내려가는 식입니다. 크루아루스와 리옹 사이의 여행*도 같은 방

---

* 크루아루스는 프랑스 리옹의 중심가에 가까이 있는 언덕으로 일종의 케이블카가 도심과 언덕을 연결해 준다.

식으로 이루어집니다. 저녁 모임과 밤 시간은 훌륭했습니다. 우리는 갈라타 탑에 올라갈 수 있어서 금각만과 내일 열릴 축제를 위해 불이 밝혀진 보스포루스 해협을 단번에 볼 수 있었습니다.

# 축제

쿠르밤 바이람 축제는 우리 모두에게 상당히 강렬한 호기심을 불러일으킵니다. 우리의 벨기에 친구들은 자기네 공사관의 힘을 빌려 돌마바흐체의 화려한 홀에 특별석 여섯 자리를 얻었습니다. 그곳은 술탄이 외국의 외교관들이나 국가의 고관들을 영접하는 장소입니다. 욕심이 덜하거나 혜택을 받지 못한 또 다른 사람들은 그래도 황제의 행렬이 지나가는 것을 보러 가기로 결심했습니다. 황제의 행렬은 그 화려함으로 전설이 되었습니다. 하지만 이 나라에서 단순한 것은 아무것도 없습니다. 축제일이 언제인지 알기 위해서는 관심을 가져야만 합니다. 보통의 경우, 실제 축제일은 전날이 되어서야 알게 됩니다. 술탄의 방문을 맞이할 사원의 이름을 알아내려면 호기심을 갖고 또 다른 수고를 마다해서는 안 됩니다. 이 신성한 인물을 둘러싼 온갖 신중한 처사 때문에 그들은 부득불 산책을 해야만 했습니다. 예를 들자면, 오늘 술탄은 엘디즈 궁에 있는 거주지를 떠나 마차로 자신의 큰 정원을 가로질러 잠깐 동안 길을 나섭니다. 가장 보잘것없고 가장 알려지지 않은 회교사원으로 가기 위해서 말입니다. 그는 기도를 마치면 잠시 동안 말을 타고 돌마바흐체 궁전으로 돌아옵니다. 그가 가는 길에는 오직 병사들만이 늘어서 있습니다. 기병들이 인접한 모든 길을 차단합니다. 덧붙이자면, 이곳에서는 파리에서처럼 호기심 많은 사람들이 구경하기 위해 창문을 차지하는 일은 없습니다. 집들의 고층에 있는 모든 창문들은 경찰의 지시로 엄격하게 닫아 두게 됩니다. 우리는 아침 여섯 시에 길을 떠나 병영과 병영, 계속 이어지는 병영을 따라 병사 모두가 칼을 쥐고 있거나 무기를 아래에 내려 두고 도열해 있는 거리까지 내려갔습니다. 마차에서 내린 우리는 명령에 따를 채비가 되어 있는 보병 대열에 끼어들게 되었습니다. 그들은 우리에게 대열을 열어 줄 준비가 전혀 되어 있지 않았습니다. 베이유 씨는 우리가 조그만 그리스 카페에 갈 수 있도록 놀랄 만한 융통성을 발휘해 교묘하게 환심을 얻어 내야 했습니다. 그곳의 창들을 통해 말들의 엉덩이와 보병의 머리 사이로 정말로 아주 작은 것까지 볼 수 있었습니다. 상당히 오래 기다려야만 했지만 시간을 허비한 것은 아니었습니다. 거리는 축제의 마차들과 정복을 입고 말을 탄 장군들, 군악 등으로 어지러웠습니다. 우리 카페 쪽으로 난 작고 좁은 길은 여섯 명의 코사크 병사와 많은 기병들, 잘 차려입은 병사들이 가로막고 있었습니다. 당번병들, 마부들 혹은 대저택의 하인들은 끊임없이 자신들의 대열을 무너뜨리고 장교의 말이건, 마차이건, 말을 풀은 한 쌍의 사륜마차이건 모든 것을 골목길로 몰아 넣었습니다. 그들은 모두 자기 주인의 지시에 놀라운 유연성을 발휘해 따랐고 이내 대열을 가다듬었습니다. 나는 그날 한 무리의 투르크 병사들을 보았는데 수단의 알제리 보병처럼 참으로 개성 있는 상당수의 건장한 사람들 가운데서였습니다. 이 모든 사람들은 예외 없이 옷차림과 규율, 군인다운 용모로 내게 깊은 인상을 주었습니다. 승전한 루마니아인들과 러시아인들이 그들에 대해 높게 평가하며 말하는 것이 이해가 됩니다. 이 군대의 특징적인 모습 중 하나는 많은 장년부터 노병들, 퇴역한 부사관들까지 포함하고 있다는 점입니다. 아아! 뛰어난 프랑스인의 전형인 삼십 세의 나폴레옹 시대 근위병을 보기 위해 프랑스에서 이토록 멀리 와야만 하는 것입니까!

요란한 음악을 동반한 엄청난 환호성이 우리에게 술탄이 도착했음을 알려 주었습니다. 내가 그 장면에서 분명하게 본 것은, 붉은색과 황금색 옷차림의 마부가 모는 멋진 사륜 포장마차였습니다. 그곳에서 멀지 않은 회교 사원 앞에서 우리와 가까이 있던 한 친절한 사람이 비단으로 만든 외출복 '페레디에'와 말을 풀어 둔 마차 안의 귀여운 아이들을 볼 수 있도록 해주었습니다. 술탄의 가족이었습니다. 나는 압둘-메시드가 가는 길에 방금 전 그를 맞으며 질렀던 환호에 대해 생각해 보았습니다. 병사들은 문자 그대로 "만수무강하소서!"라고 소리를 질렀습니다. 그런데 내게는 또 다른 목소리가 들려왔습니다. 승리의 전차를 따라가던 로마 노예의 목소리입니다. "자신의 영광에 스스로 도취하지 말고 신이 자네보다 훨씬 위대하다는 것을 생각하게!" 칼리프들회교 통치자의 후계자인 회교국의 왕은 자신의 기도를 끝내고, 회교 사원에서 나와 우리 앞을 지나갑니다. 멋진 백마를 탄 그의 얼굴은 근엄하고 조금 슬퍼 보입니다. 그는 병사들의 환호에 군대식 경례로 답례합니다. 내가 생각한 것보다 더 길쭉하며 투르크인보다는 페르시아인에 가까운 그의 얼굴은 완벽하게 균형이 잡혀 있습니다. 그는 고상한 몸가짐과 위엄 있는 태도를 지녔습니다. 총리대신인 사이드 파샤의 모습도 보였습니다. 그는 자신의 존엄한 주인만큼 잘생기지는 않았고 모든 점에서 주인보다는 부족해 보였습니다. 하지만 언뜻 보아도 지적인 능력과 노력, 의지 등이 용모에 나타나 있는 교양인이었습니다. 나는 그 유명한 가지Ghazi, 터키어로 '베테랑'이라는 의미 오스만 파샤오스만 제국의 육군 원수를 보았는지 확신할 수 없습니다. 그 점은 정말 아쉽습니다. 하지만 나는 셰이크 울 이슬람을 보았습니다. 회교의 수장인 그는 이슬람 제국에서 교황이라고 할 수 있는 술탄의 보좌추기경 격입니다. 그의 지위는 이슬람 제국은 물론 제국의 바깥인 근동, 아프리카 등 코란이 신앙과 법을 관할하는 어느 장소에서든 유지됩니다. 호기심 있는 사람이라면 장군 복장의 괴상한 옷차림을 한 뚱뚱한 기병 하나를 보게 됩니다. 그 사람은 술탄의 어릿광대로 틀림없이 관직에 오른 마지막 광대일 것입니다. 그에 대해서는 유럽의 왕가나 귀족의 족보 등을 기재한 『고타 연감』에서 언급될 것입니다. 황제의 행렬은 정말로 훌륭했습니다. 내가 그에게 비난할 수 있는 것은 단 한 가지뿐입니다. 즉 우리에게 감탄해 마지할 시간도 주지 않고 우리 앞을 회오리바람처럼 스쳐 지나간 일입니다. 작은 세계에 관심을 두는 몇몇 곤충수집가들이라면, 이와 같은 화려함 속에 나타나는 투르크 특유의 무관심은 세세한 것들에 대한 태만에서 비롯된 것임을 확신할 수 있을 것입니다. 예를 들자면 그들은 아라비아 반도의 훌륭한 말들이 녹이 슨 재갈 사슬과, 털뭉치가 드러난 순금 장식 마구를 달고 있는 것을 보게 됩니다. 다행입니다! 내 눈은 그리 좋지 못한지라 모든 잘못된 생각은 금세 내 머릿속을 떠났습니다. 길이 어느 정도 치워지자마자 우리는 선술집에서 나와 마차를 다시 타기 위해 걸어 나왔습니다. 돌아오는 길은 상당히 즐거웠습니다. 가는 곳마다, 2인용 사륜마차나 말을 매단 사륜 포장마차 안에서 보기 드물게 우아하고 아름다운 여인들과 만나게 되었습니다. 그녀들은 우리가 어제 말했던 재정파탄이라는 단어와는 도무지 아무 상관도 없습니다. 술탄이 최근에 포고한 법령은 큰 눈에 화장을 한 멋쟁이 여자들을 힘들게 만든 것 같습니다. 이 나라의 주인은 여인들로 하여금 속이 들여다보이는 베일을 얌전한 베일로 바꾸도록 했습니다. 그것은 사실상 매우 유감스러운 일입니다. 왜냐하면 오늘날에도 걸치고 있는 '야슈마크'라는 그 좁고 긴 베일은, 과거에도 상당한 만족감을 주었고 지금도 주위를 어둡게 만들지 않기 때문입니다. 그 베일은 코사크 북부 지방의 아름다운 시르카시아 여인들과 모든 투르크 여인들을 널리 돋보이게 만들어 주었습니다. 선천적으로 너무 넓거나 너무 짧은 그녀들의 아름다운 얼굴을 적당히 길어 보이게 만듦으로써 말입니다. 요란한 새 법에 항의하는 목소리들이 사방에서 들려왔습니다. 항의하는 사람들은 단지 여성들뿐이 아니었습니다. 오스만 제국에는 야슈마크 제조인들이 7만 명에 이릅니다. 그들이 아무 소리도 지르지 못하고 몰락하지는 않을 것입니다. 압둘-하미드가 이 같은 문제로 불평하는 소리를 듣지 못한 것은 아닙니다.

우리를 즐겁게 해주기 위해 지칠 줄 모르고 모임을 계획하는 베이유 씨는 우리가 전원생활의 달콤함을 맛보기도 전에 이 나라를 떠나도록 내버려 두지 않았습니다. 우리를 위해 해협의 유럽 쪽인 외교가와 은행가의 궁전과 별장 가운데 위치한 테라피아이스탄불의 서구화된 거리 중 하나에 점심식사가 준비되어 있었습니다. 식사가 끝나면 '아시아의 민물'이란 이름의 정자로 시가를 피우러 가게 된다고 합니다. 보스포루스 해협의 증기선들은 어디든 가고 여러 기항지들 사이를 끊임없이 오갑니다.

테라피아 거리는 아주 가까이에서 보아도 훌륭합니다. 호텔 앙글레의 요리와 루멜리 지역의 김빠진 와인은 그럭저럭 먹을 만합니다. 대사관들의 작은 경비정들은, 그 중 우리 것만이 배를 댈 허가를 받았습니다만, 눈앞의 풍경을 활력에 넘치고 즐겁게 만들어 주었습니다. 프랑스 대사관은 부두와 오래된 나무들과 위풍당당해 보이는 바위들로 가득 찬 넓은 정원 사이에서 당당하게 서 있습니다. 프랑스 대사인 노아유 후작은 이곳에서 조상들의 훌륭한 성이나 맹트농 공원의 고전적인 아름다움을 그다지 애절하게 그리워하는 것 같지 않았습니다. 불행히도, 프랑스인인 이 사람은 최소한 비가 올 때는 아무것도 즐길 줄 몰랐습니다. 프랑스인들이 지니고 있는 이 같은 나약함 때문에 영국 시민들이 우리보다 분명한 우위에 있는 것입니다. 상당히 이른 시간에 테라피아에 도착한 탓에 식탁에 앉기도 전에 상당히 젖어 있었습니다. 곧 하늘이 다시 맑아졌습니다. 뷰유크데레의 선착장을 향해 걸어서 출발했습니다. 그곳에서 우리는 아시아 쪽에 있는 베이코즈에 닿는 배를 탈 수 있으리라 기대했습니다. 하지만 영국 대사관에서 500미터도 채 벗어나지 않았는데 엄청난 폭우가 우리에게 쏟아졌습니다. 하늘이 완전히 물풍선 같았습니다. 비가 바다에 구멍을 낼 태세로 쏟아졌기 때문입니다. 하늘은 칠월의 앙기앵 호수만큼이나 고요했는데 말입니다. 좋든 싫든 가던 길을 돌아와 호텔로 다시 들어가서, 우리를 데려갔던 증기선을 다시 타고 콘스탄티노플로 처량하게 돌아가야만 했습니다. 하지만 이 나라에서 날씨는 너무나 변덕스러운지 콘스탄티노플로 돌아오는 길에도 푸른 하늘과 파도가 높이 이는 바다를 동시에 경험했습니다. 소나기는 우리에게만 쏟아졌습니다. 낮 동안 도시에는 비가 오지 않았습니다.

우리 호텔에서는 성대한 파티와 저녁 모임이 이어졌습니다. 주인인 플라망 씨는 우리의 여행에서 영감을 얻어 6개월 된 여자아이인 자기 막내아이의 세례명을 지어 주었습니다. 아이의 이름은 레오폴딘이 될 것입니다. 벨기에 왕 레오폴드 왕에게 경의를 표하기 위해 지어진 이름입니다. 벨기에 왕은 침대차회사에 관심을 가지고 철도 개량사업을 독려했고 특히 콩고의 국제 기업에 수백만 프랑의 개인재산을 당당하게 쏟아붓기도 했습니다. 아이의 대부는 마티유 들로에 씨가, 대모는 폰 스칼라 부인이 맡았습니다. 우리는 아이의 건강을 기원하며 샴페인을 많이 마셨습니다. 건배가 제대로 이루어지지 않은 데 대해서는 완곡한 사과가 있었습니다. 자주 쓰이는 다리 없는 컵이 식탁에 어울리지 않았으니까요.

카라게우즈 터키의 그림자 연극의 공연과 치간 헝가리계 집시의 발레로 파티를 마무리하려 했습니다. 집시들은 오지 않았습니다. 터키 경찰이 우연히 풍속에 관해 권위주의를 적용하려는 생각이 언뜻 든 것인지, 아니면 알선자들이 받아들이기 어려운 조건을 내세웠기 때문인지 모르겠습니다. 하지만 페라의 선술집을 빌려 특별히 세운 무대에서 공연된 카라우게즈는 우리에게 즐거움을 주었습니다. 연극의 인물은 지극히 자유로운 꼭두각시와

파렴치한 중국인 그림자입니다. 이 그림자 연극은 모든 라마단 기간의 밤 동안 남자들뿐 아니라 여자들, 남자아이들, 여자아이들까지도 흥겹게 해주는 특권을 누려 왔습니다. 하지만 지금은 라마단 기간이 아닙니다. 카라게우즈의 넘치는 즐거움은 최고의 시기를 위해 마련됩니다. 그래서 우리에게는 시시하게 마련된 카라게우즈가 공연될 수밖에 없었는지도 모릅니다. 솔직히 말하자면 공연은 별로 재미있지 않았습니다.

10월 13일 토요일은 이 특별여행에 참여한 우리 대부분이 출발하는 날이었고, 벌써 몇몇 사람들과는 아주 작별하는 날이었습니다. 드 블로비츠 씨는 술탄을 알현하지 못하고는 콘스탄티노플을 떠나고 싶어 하지 않았습니다. 그는 압둘-하미드를 친견해서 인터뷰하기 위해 몸을 사리지 않았고 아마도 그에게 아첨이라도 할 것입니다. 그는 혼자 힘으로는 성사시킬 수 없는 그 계획을 이루기 위해 프랑스 대사관, 영국 대사관, 이탈리아 대사관 등 외교가의 절반을 동원했습니다. 그래서 우리는 그를 그곳에 남겨 둘 것입니다. 에르네스트 도데의 아들이자 우리 모두를 매혹시켰던 그의 비서와 함께 말입니다. 『골루아』지의 신출내기 트레푀는 신문사로부터 불가리아에서의 임무를 부여받았습니다. 그를 소피아에 있는 바텐베르그 대공에게로 보낸 것입니다. 대공이 왕당파 신문들의 도움을 마다할 리가 없었습니다. 이 다정한 청년은 3~4일 동안 진흙탕 속에서 말을 타고 갈

각오를 하였습니다. 그는 선원으로서는 형편이 없었지만 좋은 기수인 만큼 흑해를 다시 지나가기보다는 '카라반 르 테뷔'*의 여행을 다시 시도하려는 요량이었습니다.

그렇지만 배로 횡단하는 일은 에스페로 호의 남은 승객들에게는 가장 평탄한 여정이었습니다. 로이드 회사의 훌륭한 배는 서두르지 않고 오후 두 시에 출발하였습니다. 우리의 아쉬움을 동정이라도 하고 우리에게 보스포루스 해협의 경이로움을 마지막으로 보여 주고 싶은 마음이 간절하기라도 한 것처럼 말입니다. '퐁 웨크생'**이라는 명칭은 옛날 사람들이 반어적으로 부여한 이름인데, 꽤 타당성이 있습니다. 흑해는 손님들에게 온화한 모습을 보여 주었습니다. 달은 하늘에서 빛났습니다. 남녀들은 갑판 위에서, 조르주 부아이에 씨가 암송하거나 필요한 경우에는 서투르지 않게 노래하는, 아름다운 시를 들으며 저녁 파티 시간을 보내고 있습니다. 그는 최근 아카데미 프랑세즈에서 로시니 작곡상을 받았습니다. 나는 르그레이 씨의 머리 위쪽에서 간신히 잠에 들었습니다. 그때 배가 멈추어 섰고 선장은 지체 없

---

* 프랑스 작가 쥘 베른이 1883년에 발표한 소설의 제목이다. 소설에서 카라반은 술탄이 보스포루스 해협을 지나는 상품에 대해 통관세를 부과하자 멀리 흑해를 돌아가기로 결정한다.
** 흑해를 의미하는 프랑스어 Pont-Euxin의 어원은 이란어를 쓰는 민족인 '스키테스의 바다'(Skythikos Pontos)에서 유래하였는데 그리스 식민지 이전에는 '이방인들에게 적대적인 바다'라는 뜻의 'Pontos axeinos'로, 식민지 이후에는 '다정한 바다'라는 'Pontos Euxeinos'로 썼었다.

이 우리를 내리도록 했습니다. 우리는 먼저 그가 착각하고 있는 것은 아닌지 생각했습니다. 왜냐하면 겨우 세 시밖에 안 되었고 기차는 다섯 시가 돼야 떠나기 때문이었습니다. 하지만 그는 화내는 법 없이 우리에게 설명을 해주었습니다. 우리가 원하는 시간에 항상 바르나에 배를 댈 수 있는 것은 아니며 지금은 바다가 고요하지만 이러한 날씨가 한 시간 이상 갈지 알 수 없기 때문에 지금 육지에 내리는 것이 우리에게 좋다고 말입니다. 그는 그렇게 해야만 했기 때문에 우리는 마지못해 그대로 따랐습니다. 왜냐하면 상황이 그리 수월하지만은 않았기 때문입니다. 뱃전을 따라서 빛도 없이 형편없는 휴대용 램프에 의지해 더듬더듬 내려가야 했고, 출렁거리고 파도가 요동치는 고약한 보트에 짐과 함께 실려, 마침내 들판 한복판에 있는 진흙투성이의 제방에 꽁꽁 얼어붙은 채 도착했습니다. 재미 삼아 할 일은 확실히 아니었습니다. 하지만 그가 옳았습니다. 선장 말입니다. 왜냐하면 바람이 곧 일더니 너무나 격렬해져서 루세에 이르자 도나우 강 위의 우리 증기선은 성난 바다에서처럼 요동쳤기 때문입니다. 우리는 바르나 역에 도착하여 자리를 지키고 있던 드 지조르 씨를 다시 만났습니다. 그는 그곳에서 비에네르 씨의 동의를 얻어 성대한 연회를 준비했습니다. 내가 노래에 나오는 주인공처럼 배가 엄청나게 고팠다면 그 연회가 너무나 영광스러웠을 것입니다. 하지만 모든 사람들의 위가 우리들의 위처럼 예민하지는 않은

가 봅니다. 증거를 대자면, 손님들에게 자기 돈을 들여 뷔페 상을 차려 준 그 훌륭한 불가리아 양반은 우리 앞에서 차가운 고기 요리와 20명분 이상으로 준비된 사냥해서 잡은 고기 요리를 게걸스럽게 먹어댔기 때문입니다.

알렉산드르 폰 바텐베르그의 공국은 우리에게 갈 때와 마찬가지로 돌아오는 길에도 을씨년스러워 보였습니다. 우리가 우리의 최신형 객차를 루마니아의 지우르지우 역에서 다시 보았을 때의 기쁨은 너무나 컸습니다. 우리가 뮌헨에 두고 왔던 객차는 수리가 되어서 과열되는 법이 없이 파리까지 달렸습니다. 굳이 우리가 열차에서 호사스럽게 지냈다는 말을 덧붙인다면 중언부언이 되겠지요.

부쿠레슈티에서는 많은 친구들이 우리를 기다리고 있었습니다. 그곳에서 게오르게 비베스쿠 대공을 보게 되어 기뻤습니다. 그는 나를 만나기 위해 일부러 시골에서 돌아온 것입니다. 팔코이아노 장군과 수석 엔지니어인 올라네스코 씨가 우리와 함께 열차에 올랐습니다. 프레데릭 다메 씨도 마찬가지였습니다. 자신이 어느 역에서 내리게 될지, 어떤 기차를 다시 탈 수 있을지, 내일 아침이면 자기 집에 들어갈 수 있을지 모르는 채 말입니다. 아! 나는 풍요롭고 그림처럼 아름다운 루마니아에서 며칠이고 머물 수 있기를 얼마나 바랐던지요! 그러나 나는 약속이 있었습니다. 머물 수 없었습니다. 너무나 많은 일들이 이곳에서 나를 부릅니다. 다음번에는 가능할 것입니다. 여행은 아주 쉬워졌으니까요! 팔코이아노 장군은 자신이 가져온 음식, 적어도 디저트 없이는 우리에게 저녁을 들자고 할 사람이 아닙니다. 하얀 버들가지로 만든 두 개의 큰 바구니를 생각해 보십시오. 하나에는 복숭아가, 다른 하나에는 포도가 채워져 각각 50~60킬로그램은 나갈 정도였답니다. 이 나라의 복숭아는 프랑스 북부 몽트뢰유Montreuil의 복숭아에 비길 바는 못 됩니다. 말하자면 복숭아는 과육이 다소 딱딱하고 거의 항상 씨앗에 달라붙어 있습니다. 하지만 맛은 좋고 정말 예쁩니다. 포도에 대해 말하자면, 특히 머스캣 포도는 향이 그윽합니다.

국경에 가까이 오자 파리에서 온 또 다른 '에클레르 호'와 마주쳤습니다. 말하자면 에클레르 호의 승객들이 우리에게 다가온 것입니다. 그들 중 한 사람은 페레키드 씨였는데, 그는 프랑스 정부와 친분을 유지하면서도 카롤 1세의 다정한 장관으로 있습니다. 물론 나는 그에게 그의 나라에 대해 나쁘게 이야기하지 않았습니다.

에스페로 호의 승객들은 페슈트에서 분산되기 시작했습니다. 빈에 이르러서는 상당수가 흩어졌습니다. 우리는 빈에서 폰스칼라 씨와 그의 우아한 동반자들뿐 아니라 자석전시회에 마음이 끌린 여러 명의 프랑스 사람들과도 헤어졌습니다. 체신부 장관의 둘도 없는 친구인 조르주 코슈리 씨와, 우리가 그와 더불어 남겨 두었던 두 명의 훌륭한 사람들을 꼭 우리 사람으로 만들고 싶었습니다만, 너무나 유감스럽게도 그들은 우리를 슬며시 따돌렸습니다.

나는 여러분들에게 프로이센에 대해서는 아무 말도 하지 않을 것입니다. 나는 여러분들에게 나만을 위해 혹은 우리 아들들과 나를 위해, 내가 스트라스부르*의 새로운 요새 앞에서 느꼈던 감정들을 간직하는 것을 허락해 주기를 부탁하는 바입니다. 화요일 아침 열 시경에, 우리는 독일 국경에서 가까운 프랑스의 사베른Saverne을 통과했습니다. 프랑스 보주Vosges 지역의 습곡에 이르러, 내가 심었던 큰 나무들이 커튼처럼 서 있는 뒤편에서, 나는 나에게 소중하면서도 특히 가슴 아픈 기억이 있는 집 한 채를 발견했습니다. 나는 그곳에서 행복과 평온함을 느끼며 12년을 살았습니다. 그곳에서 내 책들 가운데 절반을 썼습니다. 그곳에서 우리 자식들 중 위의 네 아이들이 태어나는 것을 지켜보았습니다. 끔찍했던 그해 이후, 내 노력의 결과로 소유하게 된 그 집은 비스마르크 씨와 나의 공동 소유가 되었습니다. 나는 그곳의 주인입니다. 왜냐하면 나는 집을 파는 것을 항상 거부했기 때문입니다. 하지만 프로이센의 수상은 내가 집에 발을 들여놓는 것을 금지시켰습니다. 말도 안 되는 법을 근거로 말입니다.

* 독일은 1870~1918년 사이 프랑스의 스트라스부르를 점령한다.

1872년 봄 나는 내 집에 마지막으로 들어갔습니다. 프로이센 경찰들이 나를 찾으러 집에 들이닥쳐서 나를 감옥에 가두고 프랑스 사람이 알자스 지방에 있는 것은 범죄라는 것을 알려 주었습니다. 집은 저기 개머루와 등나무 자락 아래서 웃음을 머금고 있습니다. 만일 혼자였다면 나는 눈물을 흘렸을지도 모릅니다. 하지만 지금 우리는 첩첩산중에 있습니다. 우리는 여섯 개의 터널을 지나갑니다. 각각의 터널은 적을 한 달 동안 지체시킬 수 있었는데, 우리 장군들은 깜박 잊고 터널을 폭발시키지 않았습니다. 붉은 사암으로 된 우리의 바위가 나에게 이토록 자랑스러웠던 적은 결코 없었습니다. 너도밤나무와 전나무로 이루어진 우리의 숲이 이토록 아름다웠던 적은 결코 없었습니다. 송진이 묻어 나는 소나무의 어두운 색채는 가을이 되어 온통 황금빛으로 물든 무성한 가지 위 이곳저곳에 멋진 흔적을 남겨 놓았습니다. 우리는 얼마나 아름답고 얼마나 좋은 고장을 잃어버린 것일까요! 여러분들은 이곳에서 자신이 프랑스인의 이름을 지니고 있다는 사실을 이따금 생각하십니까? 나는 가슴이 아픕니다.

아브리쿠르, 낭시, 바르-르-뒤크, 샬롱, 파리 등 남은 여행지는 단지 교외를 가볍게 산책하는 기분이었습니다. 우리는 조금이라도 속도를 냈습니다. 왜냐하면 두 시간을 지체했기 때문입니다. 빈에서부터는 잃어버린 시간을 만회했습니다. 우리의 '오디세이'는 정확히 저녁 여섯 시에 끝이 났습니다. 많은 친구들과 구경꾼들이 우리를 파리의 플랫폼에서 맞았습니다. 첫번째 대열에서 모로 샬롱 씨의 대단히 호감을 주는 얼굴을 발견했습니다. 그는 국제침대차회사의 부대표인데, 우리와 함께 즐거움을 나누지 못해서 미안해했습니다. 마지막 인사말을 한 사람은 나겔마케르 씨입니다. 그랭프렐 씨는 그에게 우리가 이런 환대를 받는 일은 다시 없을 것이라고 말했습니다.

"아니, 별스러운 대접도 아닌걸요. 자, 우리 집으로 가서 저녁을 드십시다."

그가 대답했습니다. 바로 여기에, 그 자체로서 단번에 드러나는, 벨기에 사람의 마음씀씀이와 친절함이 있는 것이 아니겠습니까?

# 옮긴이 해제

## 1. 오리엔트 특급의 첫 승객, 에드몽 아부

이 책의 저자 에드몽 프랑수아 발랑탱 아부는 1828년 2월 14일 프랑스 로렌 지역의 디외즈에서 태어났다. 그가 이야기 후반에서 언급하고 있듯이 이 지역은 독일 국경과 가까운 곳이며 보불전쟁의 결과 독일에 할양된다. 그는 어린 시절 식료품상이었던 아버지를 잃고, 어머니의 뜻으로 파리에 있는 샤를마뉴 고등학교에 진학한다. 명석함과 지적 탐구심으로 철학과 관련된 여러 상을 수상한 그는 1848년에는 명문 고등사범학교에 진학하고 문학교수 자격시험에 일등으로 합격한다.

여행가로서, 저술가로서, 언론인으로서 에드몽 아부의 이력은 그리스에 대한 관심에서부터 시작된다. 23세가 되던 해에 2년 동안 그리스에 체류하며 책 읽기와 여행을 한 그는 아테네에서의 기억을 토대로『우리 시대의 그리스』를 쓰게 되는데, 고대에 토대를 둔 그리스 신화와 당대의 현실 사이에 존재하는 거리에 대해 언급한 이 책은 큰 성공을 거둔다. 1857년에는『산들의 왕』을 발표하여 사람들에게 유행작가로 간주되기 시작하며, 러시아의 문호 투르게네프와 친교를 맺기도 한다. 이 책에서 아부가 언급하고 있는 투르게네프와의 친교 및 고위 관료들, 예술가들, 언론인들과의 교류 등은 대부분 작가 주변에서 이루어진 사실에 기초하고 있다. 그는 36세의 나이에 안 길레르빌과 결혼하여 책에서 언급한 대로 알자스의 집에서 네 아이를 낳게 되고 이후 네 아이를 더 얻게 된다.

정치적으로 그는 나폴레옹 1세 이후에 수립된 제2제정에 호의적인 태도를 보였으며 반反교권주의자이기도 했다. 특히 그는 논객으로서 자신의 이름을 세상에 알렸으며 제3공화국에 가담하기도 한다. 1872년 그는 『19세기』라는 신문의 편집장이 되는데, 같은 해 벨기에의 엔지니어 조르주 나겔마케르는 '국제침대차회사'와 '그랜드 익스프레스 유럽'을 세운다. 1883년 6월 5일에는 오리엔트 특급이 운항을 시작하였고, 열차의 개통식은 같은 해 10월 4일에 있었다. 개통식에는 '국제침대차회사 이사회'를 대표하는 벨기에인 들로예 마티유가 40명의 유력인사들을 초청했다. 초청 명단을 보면 작가가 책에서 언급하고 있듯이 19명의 프랑스인이 포함되어 있었고, 각 철도회사의 대표들, 프랑스에서 활동하는 『타임』지의 특파원 드 블로비츠를 비롯한 언론인들, 들로예 마티유를 비롯한 벨기에의 침대차회사의 간부들과 행정관들, 파리 터키대사관의 일등 서기관인 미사크 에펜디 등이 있다. 파리에서 이스탄불까지의 3,186킬로미터라는 거리와 80시간이라는 운행시간, 게다가 배를 두 번 갈아타야 하는 오리엔트 특급의 운행 경로는 객차의 호화스러움과 안락함에도 불구하고 여행을 모험에 가깝게 했고 수많은 이야깃거리를 만들어 낸다. 여행에 참여한 에드몽 아부 역시 오리엔트 특급이라는 침대차와 그곳에서 이루어진 특별한 여정, 저명인사들과의 교류, 낯선 여행지에서 느꼈던 감회, 역사적 인식에 대한 술회, 여러 나라의 민족들과 그들의 문화 등을 글로 쓰고자 한다. 그가 1884년에 출간한 『퐁투아즈에서 이스탄불까지』*De pontoise à Stamboul*는 자신이 오리엔트 특급을 타고 여행에 직접 참가하여 보고 느낀 경험을 기술한 여행기라고 할 수 있다. 이 글은 형식 면에서 프랑스 작가 샤토브리앙의 『파리에서 예루살렘까지』를 패러디한 것으로 볼 수 있다. 다만 아부의 글은 언론인이 쓴 여행기답게 오리엔트 특급의 여정에 관한 정확한 사실을 기술하고 있을 뿐 아니라, 19세기 말 서구열강의 권력 구도 및 동유럽·오스만 제국의 역사와 정치 등에 대한 상당한 식견을 보여 주고 있다. 콘스탄티노플의 지리적 특징과 문화·건축·종교·정치 등에 대한 상세한 기술은 물론 뛰어난 풍경 묘사와 정제된 감수성을 드러냄으로써 여행기가 지닐 수 있는 모든 스펙트럼을 집약하여 보여 주고 있다.

에드몽 아부는 1884년 프랑스 최고의 학술기관인 아카데미 프랑세즈의 회원으로 선출된다. 하지만 그는 입회 연설을 하기로 정한 날을 얼마 남겨 두지 않고 56세의 나이에 사망한다. 그가 하기로 되어 있던 연설은 이미 인쇄되어 나온 터였다. 그가 죽은 지 4년 후 오리엔트 특급은 파리에서 출발하여 배로 갈아타는 일 없이 베오그라드와 소피아 등을 거쳐 콘스탄티노플까지 곧장 달릴 수 있게 된다.

## 2. 오리엔트 특급의 기원과 역사

벨기에의 실업가 조르주 나겔마케르는 미국을 방문하던 중 뉴욕에서 풀먼의 침대차회사의 야간열차를 보고 깊은 인상을 받게 된다. 유럽에서는 열차를 이용한 장거리 여행의 개념이 아직 생겨나지 않은 상황이었으므로 미국의 침대차는 나겔마케르에게 적지 않은 감동을 주었다. 그는 유럽에서도 그와 같은 개념의 열차가 달릴 수 있을지도 모른다는 꿈을 꾸게 되었다. 특히 유럽은 여러 국가들이 국경을 맞대고 있는 까닭에 야간 침대열차가 국경을 뛰어넘어 대륙을 횡단한다는 것은 단순한 여행 이상의 꿈을 의미했다. 그는 침대열차가 단순한 이동수단이어서는 안 되고 승객들에게 크루즈 여행에 버금가는 안락함을 줄 수 있어야 한다고 생각했다. 많은 사람들은 그의 생각을 그야말로 이상적인 꿈으로 간주하며 부정적인 반응을 나타내었다. 하지만 나겔마케르는 그 꿈을 구체화시키기로 결심한다. 우선 그는 1874년 파리와 빈 구간에서의 침대차 운행에 관한 협약을 맺었고,

1876년 12월 4일에는 '국제침대차회사'를 창립하였다. 1882년 10월 10일에는 파리~빈 구간에서 '번개'라는 뜻의 열차 '에클레르' 호가 운행 준비를 시작하였다. 이 구간은 1,350킬로미터에 달하며 운행시간은 27시간 53분이 소요되었다.

사실 우리가 오리엔트 특급이라고 부르는 열차의 명칭과 열차의 운행 구간은 백년이라는 시간이 흐르는 동안 변화를 거듭해 왔다. 열차가 오리엔트 특급이라는 명칭으로 처음 운행을 시작한 것은 1883년 10월 4일의 일이다. 이 책에서 상세하게 나와 있듯이 오리엔트 특급의 개통식에는 40명의 유력인사들이 초청되었다. 특급 열차는 동東파리역을 출발하여 터키의 콘스탄티노플에 이르는 장장 3,186킬로미터의 거리를 80시간에 걸쳐 달렸다. 열차는 일주일에 두 번 운행하였고, 최종 목적지에 도착하기 전, 스트라스부르, 뮌헨, 빈, 부다페스트, 부쿠레슈티 등 독일과 오스트리아, 헝가리, 루마니아 등을 경유했다. 최초의 여행은 그리 녹록하지만은 않았다. 승객들은 권총을 소지해야만 했고 아직까지 부인들은 승차할 수 없었기 때문이다. 즉 승객들은 열차가 달리는 중에 있을지도 모르는 강탈과 인질극, 자연재해 등 수많은 위험을 각오해야 했다. 더구나 최초의 오리엔트 특급은 최종 목적지까지 곧장 달린 것이 아니라 강과 바다를 건너야만 했다. 우선 열차는 루마니아의 지우르지우에서 멈춰 섰다. 승객들은 연락선을 타고 도나우 강을 건너야 했고, 다시 열차를 갈아 타고 흑해와 면해 있는 불가리아의 항구 바르나까지 가야 했다. 바르나에서는 증기선이 승객들을 실고 열네 시간을 걸려 이스탄불에 도착하였다.

증기선 에스페로 호와 보스포루스 해협에서의 하선 등에 대해 상세하게 언급하고 있는 에드몽 아부의 여정도 그와 다르지 않았다. 1885년 오리엔트 특급은 빈까지 매일 운행을 하였고, 1889년에는 철도가 완성되어 흑해를 지나지 않고 이스탄불까지 곧장 달릴 수 있었다. 이제 파리에서 이스탄불까지는 67시간이 소요되었다. 처음 이스탄불에 도착한 승객들은 이 도시에서 나흘을 보내고 파리행 기차로 돌아오게 되어 있었는데 마땅한 숙소를 찾기 어려웠다. 그래서 나겔마케르의 침대차회사는 1892년 오리엔트 특급의 승객들을 위해 이스탄불에 페라 팰리스 호텔을 세우게 된다. 호텔은 오늘날까지도 건재한데, 처음 개관 당시부터 전기가 들어왔고 전기식 승강기가 설치될 정도로 현대적이며 호화로웠다. 페라 팰리스에는 유럽의 부호들과 고관들이 머물었고 1차 세계대전 중에는 유럽 열강의 정보원들이 첩보전을 펼치던 무대였으며, 특히 추리작가 애거서 크리스티가 투숙하며 소설을 쓴 장소로도 알려져 있다.

오리엔트 특급의 역사를 좀더 언급하면, 1891년 열차는 운행 도중에 약탈을 당해 인질들의 몸값으로 거액을 지불하기도 하고 콜레라의 유행으로 격리되기도 하는 우여곡절을 겪게 된다. 이 열차에 불어닥친 더 큰 위기는 1913년 발칸 반도에서 일어난 전쟁과 1차 세계대전의 발발이다. 열차는 운행 구간이 줄어들거나 중단되기도 하고 군용열차로 징발되는 시련을 겪게 된다. 하지만 파리에 19세기 말에서 20세기 초에 이르기까지 풍요와 평화를 누리던 '벨 에포크'belle époque가 있었듯이, 오리엔트 특급에 있어서도 황금 시대가 있었다. 즉 열차는 더 호화스러워지고, 승객은 증가하였으며 노선이 다양해진 것이다.

1919년 4월 11일, 오리엔트 특급은 스위스와 이탈리아 사이의 산길을 관통하는 심플론 터널Simplon Tunnel을 통해 이탈리아를 경유하는 새로운 노선을 달리게 된다. 이제 열차는 독일을 거치지 않고 스위스의 로잔, 이탈리아의 베로나, 베네치아, 트리에스테, 크로아티아의 자그레브, 유고슬라비아의 베오그라드 등을 경유하여 아테네까지 달리거나 터키의 소피아를 지나 이스탄불까지 가게 되었다. 이 남방 노선은 이스탄불까지의 거리와 시간을 대폭 단축할 수 있었다. 애거서 크리스티의 소설인 『오리엔트 특급 살인사건』의 무대도 바로 이 노선이었다. 즉 사건은 '심플론 오리엔트 특급'이라고 불린 이 노선의 이스탄불에서 프랑스의 칼레로 가는 열차 안에서 일어난다. 말하자면 소설의 명성은 물론 오리엔트 특급의 승객들과 유럽 각국의 정보원들, 애거서 크리스티가 묵었던 페라 팰리스 호텔의 유명세가 보태지고, 국경을 뛰어넘어 미지의 세계를 향해 달린다는 열차의 상징성 등이 한데 얽혀 오리엔트 특급은 그 이름만으로도 사람들의 뇌리에서 전설이 되어 간다. 열차의 명성에 걸맞게 많은 예술가들과 정치, 경제계 인사들, 각국의 군주들이 여행에 동참하게 된다. 그들은 이 열차를 단지 이동수단으로 여긴 것이 아니라, 일상의 삶에서 벗어나면서도 일상 상황의 편의시설을 충분히 누리면서 사교와 여행, 새로운 세계의 발견을 동시에 맛볼 수 있는 편익으로 생각했다. 그런 이유에서 루마니아의 왕비는 오리엔트 특급의 손님들을 초청하여 자신의 시를 낭송했하였고, 불가리아의 페르디난드 왕은 기관사로 분장하여 열차에 타기도 했다.

이후로도 오리엔트 특급은 암스테르담과 브뤼셀, 독일의 주요 도시를 경유하여 아테네 혹은 이스탄불에 이르는 다양한 노선으로 개발된다. 예를 들어 프랑스의 칼레에서 출발하여 오스트리아의 주요 도시를 경유해 아테네까지 가는 알베르그~오리엔트 특급, 암스테르담과 브뤼셀 등을 경유하여 이스탄불까지 운행하는 오스텐트~오리엔트 특급그레엄 그린은 이 노선을 배경으로 소설 『오리엔트 특급』을 쓴다, 또한 베를린을 떠나 뮌헨을 경유하여 이스탄불에 이르는 타우에른~오리엔트 특급 등의 노선이 있었다. 특히 베를린에서 출발하는 노선은 독일이 '국제침대차회사'와의 경쟁관계 속에서 만든 것이다. 오리엔트 특급은 노선이 다양해진 것 못지않게 크고 작은 어려움을 겪게 된다. 눈으로 고립

된 승객들이 생존을 위해 늑대를 잡아먹게 되는 소설 같은 에피소드도 있었으며 양차 세계대전으로 열차가 파괴되거나 운행이 중단되는 시련을 겪기도 했다. 전쟁이 아니더라도 오리엔트 특급의 명성은 점차 쇠퇴하기 시작했다. 즉 승객들은 오랜 시간이 소요되는 열차 여행에 점차 지루함을 느끼기 시작했고, 항공기를 이용한 여행이 보편화되면서 열차는 속도 경쟁에서도 밀려난다. 비록 1982년에 오리엔트 특급이 다시 태어나기도 했지만 곧 운항이 중단되었고 몇 번의 부활 시도는 결국 무위로 돌아가고 만다. 말하자면 열차의 경제성과 운행에 소요되는 시간, 승객의 편의, 여행 패턴의 변화 등을 고려할 때 오늘날 고전적인 의미의 오리엔트 특급은 더 이상 불가능할지도 모른다. 하지만 오늘날에도 런던을 출발한 기차가 도버 해협을 관통하는 해저 터널을 지나 파리에 도착하고 멀리 체코의 프라하를 거쳐 러시아의 모스크바는 물론 중국의 북경까지 쉼 없이 오가고 있다. 또한 대부분의 유럽 국가에서 열차는 물론 사람의 통행과 경제적·문화적 교류에 있어 국경의 장벽은 거의 사라졌다. 그런 의미에서 본다면 나겔마케르가 표방한 이상적인 꿈, 즉 '유럽의 열차'가 동서 유럽을 이어 주고 나아가 유럽과 동양과의 소통을 가능케 할 수 있을 것을 목표로 한 이른바 그의 '평화 프로젝트'는 성공을 거둔 셈이다.

## 3. 이야기의 지리적 배경과 역사

19세기 말 유럽과 오스만 제국: 에드몽 아부의 글은 기본적으로 '여행기'이지만 그는 오리엔트 특급이 지나가는 길목에서 만나게 되는 나라의 역사와 정치에 대해 비교적 상세하게 기술하고 있다. 말하자면 19세기 말의 독일프로이센과 프랑스의 경쟁관계, 오스트리아-헝가리 제국의 성립, 오스만 제국의 쇠락과 오스만 제국을 둘러싼 러시아를 비롯한 각국의 이해관계 등이 바로 그것이다. 그런 의미에서 19세기 말의 동유럽 국가들과 오스만 제국에 대해 간략하게 언급하는 것도 여행기를 이해하는 데 도움이 될 것이다.

유럽에서 19세기 말은 프랑스에서는 제2제정이 붕괴되고, 통일을 달성한 독일이 세력을 키워 가며, 영국·러시아·오스트리아는 프랑스·독일 두 국가를 사이에 두고 세력 균형을 유지하려 했다. 동유럽 각국에서는 민족해방운동이 일어났으며 오스만 제국이 쇠락해 가던 시기였다. 오스트리아와 헝가리는 오스트리아가 프로이센과의 전쟁에서 패배한 뒤 한 사람의 군주가 두 나라의 왕을 겸하는 이원군주제를 채택한다. 이 두 나라는 제국 내 수많은 소수민족의 분열을 막으려는 공동의 목적이 있었으므로 일정 기간 공존 체제를 유지하게 된다. 또한 비스마르크의 프로이센과 나폴레옹 3세 사이의 전쟁이 일어나고, 이 전쟁에서 패배한 프랑스는 프랑크푸르트 조약의 결과로 독일에 알자스-로렌 지방을 할양하게 된다. 에드몽 아부는 여행기 곳곳에서 통일 독일에 대한 조심스러우면서도 불편한 감정을 숨기지 않으며, 비스마르크에게 고향의 집을 잃은 것에 대해 민족적 울분을 토로하기도 한다. 오스만 제국의 쇠퇴는 작가도 언급하고 있듯이 유럽 열강의 세력 구도와 동유럽 국가들의 독립에 직·간접적인 영향을 끼치게 된다. 즉 오스만 제국은 러시아와의 전쟁에서 연이어 패배하면서 불가리아·세르비아·루마니아 등의 봉기를 유발하였고 콘스탄티노플을 제외한 발칸반도 안의 영토를 모두 상실하게 된다. 다만 러시아의 지나친 세력 확장을 우려한 영국의 개입으로 오스만 제국은 간신히 명맥을 유지하게 된다.

오스만 제국은 교역의 중심이 대서양으로 옮겨지면서 경제적으로도 어려움을 겪었는데, 값싸고 질 좋은 외국의 제품을 대거 수입할 수밖에 없었고 국가기반 시설을 세우기 위해 유럽의 자본에 의존한 결과 경제적인 종속을 피할 수 없게 되었다. 아부가 이스탄불의 시장 거리를 다니며 유럽의 물건들 말고는 살 만한 상품이 없다고 불평하는 대목도 이와 같은 터키의 경제상황과 무관하지 않을 것이다. 에드몽 아부가 이스탄불을 방문했을 때는 압둘-하미드 2세의 재위 기간1876~1909이었다. 그가 관찰한 대로 압둘-하미드는 영토 회복에 대한 강한 의지가 있었지만 러시아와의 전쟁에서 패배하면서 제국은 많은 영토를 상실하게 되며, 재정파탄 등을 겪으며 붕괴의 길을 가게 된다. 작가는 이와 같은 역사적 상황 속에 놓여 있는 이스탄불에서, 이 나라의 민족과 역사·문화유적 등을 둘러보며 때로는 연민을, 때로는 애정 어린 시선을 숨기지 않는다.

**콘스탄티노플 혹은 이스탄불:** 아부는 여행기의 절반 이상을 보스포루스 해협에 도착하여 콘스탄티노플(혹은 이스탄불)에서 체류한 시간에 할애하고 있다. 그만큼 그는 이 역사적 도시에서 자신이 보고 경험한 건축물과 사람들·풍속·문화·종교 등을 서술하는 데 중요한 비중을 두고 있다. 특히 오스만 제국은 18, 19세기 유럽과의 교류를 강화하였는데 그 중심에 프랑스가 있었고 프랑스의 문화와 건축을 받아들이고 모방하였다. 오늘날 터키의 고등교육과 대학 체계 역시 프랑스의 교육제도를 그대로 도입한 것이다. 작가의 이스탄불에 대한 관심도 프랑스와 오스만 제국 사이의 교류와 서로에 대한 호기심에서 비롯된 것으로 보인다.

주지하다시피 터키의 이스탄불은 아시아와 유럽의 양 대륙에 걸쳐 있는 도시이며 역사적으로 비잔티움, 동로마 제국 치하에서는 콘스탄티노플 등의 이름으로 불렸다. 이 도시에는 비잔틴과 오스만 제국의 문화와 역사적 유물이 도시 곳곳에 동시에 남아 있다. 아부가 '에스페로 호'를 타고 흑해를 지나 거치게 되는 곳은 바로 보스포루스 해협인데 이곳을 기준으로 아시아와 유럽이 나누어지며, 곧장 진행하면 마르마라 해로 이어지고, 오른쪽으로 돌게 되면 유럽 쪽 이스탄불을 구시가지와 신시가지로 나누는 금각만, 즉 할리치<sup>Haliç</sup> 해협을 만나게 된다. 아부가 이스탄불에서 방문하게 되는 역사적 건축물 중 눈에 띄는 곳은 아야소피아 성당과 돌마바흐체 궁전이다.

우선 아야소피아 성당은 비잔틴 황제 유스티니아누스가 로마제국의 영광을 재현하고자 하는 목적에서 짓게 한 성당이다. 오스만 제국이 1453년에 콘스탄티노플을 함락시킨 후 성당은 이슬람 사원이 된다. 오스만 제국의 7대 술탄 메흐메드 2세는 성당을 파괴하지는 않았지만 여행기에 묘사된 대로 모자이크로 만들어진 성모 마리아와 아기 예수 등의 성화를 회칠로 사라지게 만들었다. 아부는 아야소피아 성당의 복원이 터키인들의 손에서는 힘들 것이라고 우려했는데, 1931년 터키의 초대 대통령 무스타파 케말이 복원 작업을 결정한다. 아부가 방문하는 또 다른 역사적 건축물은 돌마바흐체 궁이다. 이 궁전은 술탄 압둘-메지드 재위 기간인 1853년에 완성되었다. 궁전은 보스포루스 해협의 유럽 쪽에 위치하고 있으며 '정원으로 채워진'이라는 뜻을 지니고 있다. 285개의 방에 44개의 홀, 6개의 목욕탕, 68개의 욕실 등으로 이루어진 거대한 궁전은 프랑스의 베르사유 궁을 모델로 지어진 만큼 분수를 비롯한 아름다운 조경과 정원을 지니고 있다. 그 밖에 아부는 여행기에서 고대 로마의 경기장인 히포드롬과 이집트에서 가져온 오벨리스크, 그리스가 페르시아에 승리한 뒤 전리품으로 만들었다는 뱀 세 마리가 몸을 틀고 있는 기둥 등 이스탄불 전역에 산재한 고대 유적을 상세하게 설명하고 있다.

**문학으로서의 여행기**: '이국정서'exotisme 연구가인 장 마르크 무라 Jean-Marc Moura 는 이국정서는 여행이라는 수단을 통해 드러나며 단순한 공간의 이동보다는 정신적인 추구를 통해 나타나야 한다고 했다. 20세기 초 태평양의 섬들과 아시아 국가들을 여행하며 많은 글을 남긴 빅토르 세갈렌Victor Segalen 역시, '이국'에 대한 관심은 '차이'와 '다양성'에 대한 인식을 바탕에 두어야 한다고 생각했다. 이와 같은 생각은 '여행문학'의 개념을 정립하는 데도 그대로 적용될 것이다. 즉 여행문학은 작가가 여행지를 방문하여 자신이 보고 것과 느낀 것을 기술하는 데서 출발한다. 그러면서도 작가는 다른 공간에 속한 사람과 풍물·풍속 등을 단순히 관광객이나 여행자의 시선으로 보아서는 안 될 것이다. 그렇다고 민속학자의 지식을 책에 옮겨 놓아서도 안 된다. 여행문학 작가는 다른 세계에 대한 정신적 추구를 토대로 그 공간에 속한 것과 자신이 떠나 온 세계 사이의 정신적·물질적 차이를 나타내야 하고, 타인의 것을 자기중심적 시각이 아닌 '다양성'이라는 관점에서 볼 수 있어야 한다. 에드몽 아부는 여행기 안에서 문학적 감수성을 곳곳에 드러내면서도, 이국의 공간과 구성원

에 대해 피상적 관찰자 이상의 깊이 있는 성찰을 하고 있다는 점에서, 여행문학에서 필수적 요소인 '차이'와 '다양성'에 대한 인식을 적절하게 보여 주고 있다. 특히 작가가 이스탄불을 떠나기 전 보스포루스 해협의 갈라타 항구에서 해질 무렵 도시의 실루엣과 금각만을 바라보며 생각에 잠기는 장면과, 쿠르트 바이람 축제일에 이루어진 술탄의 화려한 행렬에 대한 묘사는 이 글을 여행기 이상의 문학작품으로 간주하게 만든다.

130여 년 전 에드몽 아부가 참여했고 나겔마케르가 꿈꾸었던, 오리엔트 특급을 타고 동방의 세계를 향해 달리는 고전적 의미의 여행은 더 이상 불가능할지도 모른다. 항공기와 고속열차는 여행에 소요되는 시간을 대폭 단축시켰고, 국가 간의 이동에 소요되는 시간과 거리의 단축은 이국에 대한 꿈을 축소시켰다. 하지만 이국에 대한 꿈이 결국 자기 자신을 발견하기 위한 시도이고, 경계를 뛰어넘어 다른 세계에 이르고자 하는 욕망이 사라지지 않는 한 앞으로도 오리엔트 특급은 또 다른 모습으로 달리게 될 것이다.

# 에드몽 아부 연보

1828 프랑스 로렌 주 디외즈에서 2월 14일에 태어나다. 어린 시절
식료품상이던 아버지를 잃고, 파리에 있는 샤를마뉴 고등학
교에 진학한다. 지적 탐구심으로 철학과 관련된 여러 상을
수상하며 명석한 학창 생활을 보냈다.

1848 고등사범학교에 2등으로 입학하다. 그의 사범학교 동창으
로는 탠, 프랑시스크 사르세(Francisque Sarcey), 폴-아르망
샬르멜-라쿠르(Paul-Armand Challemel-Lacour) 등이 있다.
사르세에 따르면, 그들 가운데 아부는 가장 활기 있고, 재능
이 넘쳤으며, 명석하면서 "규율에 얽매이지 않았다". 사범학
교를 졸업한 후에는 그리스 아테네에 있는 프랑스학교에 교
사로서 합류하였으나, 사범학교에서 배운 의도와 달리, 그는
교사가 될 의도를 가진 적은 없었다고 한다.

1853 프랑스로 돌아와 문학과 저널리즘에 투신한다.

1855 『우리 시대의 그리스』를 출간해 즉각적인 성공을 얻다. 같은
해 출간한 소설 『톨라』에서 그는 초기 이탈리아 소설 『비토
리아 사벨리』를 너무 길게 늘였다는 논쟁에 휩싸였다. 이것
은 아부에 대한 강한 편견의 원인이 되었는데, 그는 수많은

공격을 많았으며 또한 반격할 준비 또한 되어 있었다. 『피가로』에 발랑탱 드 퀘빌리라는 이름으로 연재한 『한 선한 청년의 편지』는 더 많은 원한을 유발하였다. 이후의 몇 년간, 정력적인 에너지와 대중에게 확고한 인정을 받으면서 소설과 단편들, 실패한 희곡 한 편과 소설 문제에 관한 서평집 한 권 그리고 그 외에도 수많은 신문 기사와 예술평론, 그의 적들에 대한 반박문 및 정치경제학에 관한 대중적인 안내서를 썼다.

1868 『여행자의 ABC』를 출간했다.

1870 제국에 대한 아부의 태도는 '솔직한 친구'라 할 만한 호의적인 것이었으며, 보불전쟁을 시작한 에밀 올리비에(Èmile Ollivier)의 자유주의 내각을 환영하기도 했다. 그러나 그 열광에는 끔찍한 나날이 이어졌다. 프랑스가 패전하여 알자스-로렌 지방이 독일에 할양되면서, 그는 사베른에 있던 자신의 집(1858년에 그의 문학적 초창기에 수입으로 구입한 것이다)을 잃게 되었다. 제3제정이 끝나면서 그는 공화주의자가 되었으며, 반교권주의적 입장을 시종일관 견지했다. 그는 공화국 초기 몇 년간 보수주의자들의 반응에 맞서는 전투에 열정을 바쳤다.

1872 잡지 『19세기』를 창간, 5~6년간 전력을 다하여 발행하였다(잡지는 프랑스 국내에서 상당한 영향력을 발휘했다). 그러나

공화주의자들은 그의 공화주의자로의 늦은 개종을 받아들이지 않았으며, 그의 열정에 대해서도 그리 높이 평가하지 않았다.

1884  1월 24일 아카데미 프랑세즈 회원으로 선출되었다.

1885  아카데미 프랑세즈 회원으로 활동하기 전인 1월 16일에 사망하였다.

# 작가가 사랑한 도시 시리즈

100년 전 도시에서 만나는 작가들의 특별한 여행 그리고 문학!!

## 01 플로베르의 나일 강 귀스타브 플로베르 지음, 이재룡 옮김

스물여덟 살의 플로베르가 돛단배로 떠난 넉 달간의 나일 강 여행! 편지로 어머니에게는 나태와 노곤함을, 친구에게는 동방의 에로틱한 밤을 전한다. 훗날 『보바리 부인』에 재현될 멜랑콜리와 권태의 원천이 되는 감각적인 기행문!!

## 02 뒤마의 볼가 강 알렉상드르 뒤마 지음, 김경란 옮김

1858년, 대문호 알렉상드르 뒤마가 러시아의 변경 볼가 강 유역을 방문한다. 당대 최고의 여행가의 펜 끝에서 펼쳐지는 칭기즈칸의 후예 칼미크족의 유목 생활과 풍습 그리고 그들의 왕성에서 열린 축제까지, 말 그대로 여행문학의 향연이 펼쳐진다!!

## 03 쥘 베른의 갠지스 강 쥘 베른 지음, 이가야 옮김

코끼리 모양의 증기 기관차를 타고 힌두스탄 정글을 가로지르는 영국군 퇴역대령과 프랑스인 친구들. 성스러운 갠지스 강 순례 도시들의 유적과 힌두교도들의 풍습이 당대를 떠들썩하게 한 세포이 항쟁의 정황과 함께 어우러진 독특한 모험소설!!

## 04 잭 런던의 클론다이크 강 잭 런던 지음, 남경태 옮김

알래스카 남쪽 클론다이크 강 유역에 금을 찾아 모여든 인간들. 차디찬 설원의 밤, 사금꾼들의 숙박소로 의문의 남자가 피를 흘리며 찾아든다. 야성의 본능만이 투쟁하는 대자연에서 전개되는 어긋난 사랑과 파멸. 섬뜩하면서 매혹적인 독특한 여행소설!!

## 05 모파상의 시칠리아 기 드 모파상 지음, 어순아 옮김

프랑스 문단의 총아 모파상은 우울증이 심해질 때마다 여행을 떠난다. 시칠리아에 도달한 그가 마주한 것은…… 고대 그리스 신전과 중세의 고딕 성당, 화산섬 특유의 용암 풍광 등 자연과 예술이 하나 된 곳, 모더니티의 유럽인들이 상실해 가는 지고의 아름다움이었다.

## 06 뮈세의 베네치아 알프레드 드 뮈세 지음, 이찬규·이주현 옮김

베네치아를 무대로 천재화가이자 도박자 티치아넬로와 베일에 싸인 연인 베아트리체가 벌이는 사랑의 사태와 예술적 영혼들에 관한 성찰! 낭만주의 시인 뮈세와 소설가 조르주 상드의 "빛나는 죄악" 같은 사랑에서 탄생한 한 폭의 바람 세찬 풍경 같은 예술소설!!

## 07 에드몽 아부의 오리엔트 특급 에드몽 아부 지음, 박아르마 옮김

1883년 10월 4일, 당대 최고의 여행작가 에드몽 아부가 국제침대차회사의 초대로 오리엔트 특급 개통기념 특별열차에 탑승한다. 최신식 침대차의 호화로움과 파리에서 터키 이스탄불 사이의 여정이 상세하면서도 역동적으로 묘사된 여행 에세이의 백미!!

## 08 폴 아당의 리우데자네이루 폴 아당 지음, 이승신 옮김

19세기에 이미 전기 설비가 완성된 '빛의 도시' 리우. 폴 아당은 놀라운 속도로 개발되는 도시 외관과 아름다운 자연에 눈을 빼앗기면서도, 브라질 사람들의 순박하면서도 아름다운 생활상을 발견해 내는 아나키스트 작가의 면모를 숨김 없이 보여 준다.

## 09 라울 파방의 제1회 아테네 올림픽 라울 파방 지음, 이종민 옮김

제1회 올림픽이 열린 아테네에 『주르날 드 데바』지의 특파원 라울 파방이 도착한다. 기자다운 정확성으로 생생히 재현되는 IOC 창설 과정, 근대 올림픽 개최를 둘러싼 갈등, 각종 경기장들의 건립 상황 등 올림픽 뒤 숨겨진 이야기들!!

## 10 라마르틴의 예루살렘 알퐁스 드 라마르틴 지음, 최인경 옮김

'평화의 도시' 예루살렘. 유대교와 기독교, 이슬람교가 각축한 복잡한 역사를 고스란히 담고 있는 이 성소로 낭만주의 시인 라마르틴이 병든 딸과 여행을 떠난다. 시인의 내면 깊이 간직된 신앙심과 자연에 대한 애정이 이 도시를 바라보는 시선에 그대로 배어 있다.

*〈작가가 사랑한 도시〉 시리즈는 계속됩니다!

지은이 **에드몽 아부**(Edmond About)

1828년 프랑스 로렌 주 디외즈에서 태어났다. 고등사범학교를 나와 소설가·희곡작가·예술평론·정치풍자가 등 다양한 활동을 펼친 작가이며, 반(反)교권주의자로도 유명했다. 1857년 그는 『산들의 왕』을 발표하여 사람들에게 유행작가로 간주되기 시작하며, 러시아의 문호 투르게네프와 친교를 맺기도 한다. 1872년에는 신문 『19세기』(*XIXe Siècle*)를 창간하였고, 그 외에도 『피가로』(*Figaro*), 『콩스티튀시오넬』(*Constitutionnel*), 『수아』(*Soir*), 『골루아』(*Gaulois*) 등의 매체와 협력하였다. 보불전쟁 이후에는 알자스 지방을 여행하던 중에 독일 황제를 모욕한 죄로 체포되었다가 보석으로 풀려났고, 국제침대차회사의 초대로 오리엔트 특급 개통식 기념 특별편의 손님이 되어 여행한 체험을 「퐁투아즈에서 이스탄불까지」로 남겼다. 아카데미 프랑세즈 회원으로 두 번 추천을 받아 첫번째에는 아깝게 떨어졌으나 두번째 투표에서는 선출되었다. 회원 취임 연설을 며칠 앞둔 1885년 1월 16일 사망하였다.


옮긴이 **박아르마**

서울대학교 대학원에서 프랑스 현대문학을 전공하여 박사학위를 받았다. 지금은 건양대학교에 재직하면서 글쓰기 강의를 하고 있다. 지은 책으로 『글쓰기란 무엇인가』(여름언덕), 『투르니에 소설의 사실과 신화』(한국학술정보)가 있고 번역한 책으로 『로빈슨』, 『유다』, 『살로메』(이상 이룸), 『노트르담 드 파리』(다빈치 기프트), 『춤추는 휠체어』, 『까미유의 동물 블로그』(이상 한울림) 등이 있다.